Misa—著
Izumi—
當風止息時
亡靈的筆記本 02

楔子

兩極的甦醒在各界造成轟動。

在人類的眼皮底下，非人的生物們彼此低聲議論著，蠢蠢欲動。

大家都想得到兩極。

但人界最具權威的「零」派也對兩極虎視眈眈，據說他們早已在兩極的身邊安插了人馬。

兩極沉睡了十六年，打從她出生開始，各界便等待著兩極的甦醒。

「主子——」

十六年前，身穿白衣的侍僕也曾這樣在走廊上奔跑，著急地高喊著主子。

「沒看見我正在和紅葉姑娘下棋嗎？」被稱作主子的男人長髮及肩，右邊頰側的黑髮勾至耳後，濃密的眉毛緊皺著，「看來還是輸了啊。」

置於他對面的坐墊揚起一縷輕煙，一名美麗的女子緩緩現形，以扇子掩著嘴，巧笑倩兮，「您連阿滿都贏不了，又怎麼贏得過我呢？」

「那個……主子。」已經來到拉門外的侍僕繃緊了聲音，「元老們都來到大廳了，請主子快快移駕……」

「我十六年前就說過了，這事急不得。」掏掏耳朵，這位外貌與十六年前相比幾乎沒有差別的男人老神在在。

「零，您打算怎麼辦呢？」身穿和服的紅葉輕搖著扇子，如一陣煙霧般輕飄飄地移動到男人身邊。

看著美麗得能夠令人戰慄的紅葉，被稱為零的男人只是勾起一抹笑容。

「妳們又打算如何呢？」零問。他與紅葉已經這樣下棋了十年有餘，但即使彼此相識百年，他依然看不透對方的心思。

紅葉色如鮮血的嘴唇上彎，瞇起的眼眸流露出的目光是如此懾人心魂。

「我們鬼女在百年前便已效忠於您，即便我們不信任彼此，契約依然有效。」

零聞言，卻揚起不以為然的笑。

百年之前，他們這一族與鬼女之間爆發了戰爭，因此傷亡無數，雖然最後他們獲得勝利，但贏得並不輕鬆。

他將這件事記得很清楚，更記得鬼女是如何不甘地和他簽下契約。

這是妖與人之間的一樁交易，雙方維持著一種恐怖平衡。

「我絕對相信妳們鬼女的忠誠，但其他呢？」零拉開拉門，見到侍僕恭敬地低頭蹲坐在外面。

「鬼女並不能代表全部的妖怪。」紅葉輕笑，她的眼神不只能勾人心魂，也能殺人於無形。

那是屬於妖怪的眼神，一般人即使多注視一秒都不行，因爲一個不注意，整顆心便會被其奪走而瞬間死去。

「那鬼女可以提供多少情報給我們？」零的神情淡漠，也不像是人類所會展現出的模樣。

他擁有數百年以來的完整記憶，漫長的生命讓他身爲人的那部分情感漸漸消失了。

他見過太多的死亡、太多的背叛，以及太多太多的盡頭。

唯有如此才能被稱爲「零」，才能成爲此一派系最頂端的領導者。

「零大人，那也要您問對了問題，我們才會回答。」紅葉嬌媚地笑起來，恭敬地行了個禮。

她的身後忽然出現一個黑暗幽深的漩渦，另一個穿著和服的姑娘從漩渦內的遠方緩步走來。她提著油燈，頭上隱約生有兩根角。

「零大人、紅葉小姐。」女子恭敬地喚了聲，自始至終都沒有抬起頭。

而零和紅葉彼此對峙了好一會，最終紅葉率先放軟態度，退讓了一步。

再怎麼說，零都是她不得不服從的主子。

「阿滿。」紅葉側頭看了一眼女子。

「是。」

「把我們目前所掌握到的狀況告訴零大人。」

阿滿猶豫了一下，但很快就點點頭，「山林間、水源邊的妖怪們有動靜了。」

「各界皆蠢蠢欲動。」零說，顯然對這點情報感到不甚滿意。

「我們的情報僅止於此。」紅葉嬌笑，微微欠身，踏入身後的漩渦之中消失。

「主子……」跪在拉門邊，一直不敢抬頭的侍僕這時才又顫抖著喚了聲。「請移駕。」

「唉，眞是麻煩啊。」零轉了轉脖子，朝大廳走去。

兩極是幾百年才會出現一次的極端存在，是各界都亟欲擁有的珍寶。

兩極可以是福，也可以是禍，端看如何「使用」。

零的記憶亙古綿延，橫跨了好幾個世紀。

在他的記憶中，兩極的出現往往都導致世界的滅亡。

山林間的鳥兒忽然受驚似的紛紛飛起，零停下腳步，悠悠往天空望去。

風向在變，天地被人眼還無法察覺的黑暗所籠罩。

這一次不只兩極，連瘟都現世了。

凶多吉少啊。

第一章

也許我唯一能做的，就是死。

都說死不能解決問題，但我認為這是最快的方法。

我只是比較不喜歡說話、比較孤僻、比較不同於常人一些，因為這樣，我就活該被欺負嗎？

大隊接力比賽時，我不小心掉棒了，讓我們班從第一名落到最後一名，結果就這樣成為眾矢之的。

我已經誠心道過歉了，可是她們其實早就不在乎名次的事情，只是以欺負我為樂。對，為樂！

帶領著她們霸凌我的她，每次都居高臨下的站在那裡，總是笑著，噁心地笑著！

我原本以為這種情況應該不會持續太久，或者是不會有太誇張的事發生，如果只是割花我的課本、丟垃圾在我的位子上、潑溼我的衣服之類，我都還可以忍受。

但就在今天，當我要將花瓶送去老師的辦公室時，她們居然從樓梯上把我推下去！雖然我很快地抓住旁邊的扶手，但花瓶卻掉下去，摔破了。

「真可惜。」她這樣說，語氣聽起來彷彿真的很惋惜的樣子。

當下我雙腿發軟，忍不住蹲在樓梯邊，褲子頓時溼了一片。

「她尿褲子了！」她們注意到這件事後非常興奮，馬上拿起手機對著我猛拍照。「上傳上傳！」

尖叫與嬉笑聲迴盪在耳邊，我只能死死盯著碎了一地的花瓶。

如果我沒有抓住扶手，落得這種淒慘下場的可能就會是我。

但她們根本不會在意，就算我真的死了、受傷了，她們只要假裝掉幾滴眼淚，然後在社會大眾面前下跪道歉，仁慈的人們就會原諒還年輕的孩子。

反正死了的人都死了，誰會在乎一條和自己毫不相干的生命？

聖光高中一年三班被低迷的氣氛所籠罩，每個學生的心頭都有一道揮之不去的陰影。

因爲林沛亞的死。

即便事情已經過去了一個月，這個噩耗依然是所有人心中的痛。

「羅秉佑眞的是個變態！」李佳惠哭得淚水鼻涕直流，眼睛腫得像核桃似的，依舊難以接受這個事實。

喬子宥則是緊皺著眉頭，神情凝重。而封只能閉緊嘴巴，什麼話都不敢多說。

一個月前，封從林沛亞那裡拿到一條有著紫色琉璃墜飾的項鍊，而後又在保健室的花圃撿到一小塊琥珀色琉璃，從而遭遇了一連串的靈異事件。

她不僅夢見好幾名少女被殺害的過程，還走到哪都撞見鬼，甚至頻頻被凶惡的藍眼女鬼方雅君追殺。

然而特別讓她感到不安的是——自己似乎和一般人不同。

受了傷之後，她的傷口總是能夠迅速癒合，而且每當面臨危機時，她的身邊都會出現一陣詭異的怪風，幫她擊退敵人，像是在守護著她。

更奇怪的是，父母明知道她異於常人，卻又不肯告訴她眞相。

除此之外，還有那始終揮之不去的噩夢。

放眼望去盡是碎石殘瓦，四周充滿了絕望與恐懼，人們的尖叫以及嬰兒的哭號聲不絕於耳。

眞實到不像是夢境。

她也因爲這些不可思議的遭遇，意外認識了全校最受歡迎的學長任凱。

任凱擁有陰陽眼，當時他在學校保健室解救了就要被方雅君攻擊的封，從此，也許是出於雛鳥心態，每當遇到什麼不合理的事情時，封最先想到都是：「救命！學長！」

之後，兩人在任凱好友阿谷的幫助下，駭入了學校的資料庫中，找到了和他們接觸的三名女鬼的生前資料。

原來，她們是先後被同一個人殺害。

經過一步步的抽絲剝繭，封和任凱終於找到了兇手。

任誰也想不到，文質彬彬、爲人和善，總是掛著溫柔笑容的男老師羅秉佑，居然會是連續殺人兇手。

任凱和封因爲太過心急，擅自決定先前往羅秉佑的家，希望能救出可能被藏匿起來的林沛亞，於是慘遭毒手。封全身被沸騰的熱湯燙傷，而任凱的小腿也被捅了一刀。但清醒過來後，封發現自己竟是毫髮無傷，反倒是任凱需要留院觀察，還得暫時以輪椅代步。

至於爲何羅秉佑沒有眞的痛下殺手，原因已經無從得知。

最後，三名女鬼之中只有方雅君沒有升天，仍舊徘徊不去。任凱猜想，她應該是跟著羅秉佑走了，他將生生世世被鬼魅糾纏。

而那時他們闖入羅秉佑的家後，發現了一具女高中生的屍體，正是封的好友之一，林沛亞。

林沛亞的日記裡寫滿了對羅秉佑的愛慕之意，以及醞釀已久的告白計畫，但令封意外的是，裡面同時還寫了不少嘲弄李佳惠、輕視喬子宥，以及嫉妒她的字句。

沒想到，看似和善且好相處的林沛亞，內心埋藏著這麼多對她們的不滿。

不過最讓封感到難過的是，林沛亞是故意將那條項鍊送給她。雖然林沛亞持有紫色琉璃耳環的時間並不長，但還是遇到了靈異現象，所以她才做成項鍊轉送給看起來不像會遭遇靈異事件的封。

林沛亞的日記中提到，她打算週末跟羅秉佑告白後，禮拜一便跟封把項鍊要回來，帶去廟裡淨化。但遺憾的是，林沛亞沒能活到禮拜一。

當然，封不可能將這些事告訴喬子宥與李佳惠，畢竟死者爲大，她想讓林沛亞以最美好的形象留在大家心中。

根據任凱所說，其實眞正的幕後兇手是英文老師凌然。雖然這位女老師坦白了一切，說被羅秉佑殺死的女孩們都是她曾經愛慕的對象，但她絲毫不肯承認唆使殺人這件事，而她的學生兼戀人顏綺夢也保證她絕對不會做出這種喪盡天良的行爲，因此淩然並沒有被定罪。只是和學生談戀愛的事情敗露，她也無法在學校繼續待下去了，因此最後辭去了教師的工作，不知去向。

幾天後，顏綺夢也消失了，兩人的行蹤無人知曉。

這起意外被挖掘出眞相的連續殺人案茲事體大，因此負責偵辦的警官磊向東全面封鎖了任何關於封、任凱及阿谷的消息，不讓外界知道找出眞兇的是學生。

所以，除了三人的家長、警方以及兇手羅秉佑和幫兇萬伯外，沒有人知道封他們三個涉入此案。

這當然是他們所希望的處理方式，家長們也都同意，畢竟沒有一個家長會希望自己的孩子成爲媒體的焦點。

「封，爲什麼妳會住院？」依然緊皺著眉頭的喬子宥開口，打斷了封的回憶。

「我說過了呀，是因爲盲腸炎的關係。」對於入院這件事，封準備了一套說詞，但事情都過去好一陣子了，喬子宥還是不時會追問細節。

喬子宥聽了封的解釋後總是半信半疑，畢竟整起事件的當事人之一綺夢學姊曾在同間醫院住院過，而任凱也莫名其妙全身是傷，加上封曾經急匆匆地打電話詢問林沛亞的去向，種種線索都讓喬子宥認爲，封很可能也被捲入了案件。

「那爲什麼事情發生的當天，妳會那麼急著找沛亞？」這個問題她也已經問過不下百次，但封每次都沒有正面回答。

「就……」封只能乾笑，她被下了封口令，什麼都不能說。

「因爲我想見見封的好朋友。」一個聲音忽然傳來，任凱出現在教室窗邊，耍帥似的一隻手撐在窗臺上。

封的同學們開始嘰嘰喳喳討論起這位全校最受歡迎的學長，但並不算特別熱烈，因爲林沛亞的死訊，班上一時還難以恢復往常的自在氛圍。

「任凱學長！」不過還是有例外的人，例如李佳惠。她立刻就恢復八卦的本性，附在封的耳邊小聲問：「妳跟任凱學長到底是怎麼了？」

「封？」喬子宥的眉頭蹙得更緊了，擺明了要一個解釋。

封眨著眼睛，任凱輕輕挑眉暗示，於是她咬著下唇說：「那時候我和學長還有阿谷跑去網咖，後來又去了咖啡廳，聊天時我提到了妳們，他們就說想要認識一下，所以我先打給妳和佳惠，然後再去沛亞家，發現她居然說謊，最後突然肚子很痛……」封努力解釋著，卻說得七零八落。

李佳惠或許還可能被瞞過去，但精明的喬子宥並不相信，不過她只是來回打量著任凱和封，沒有多說什麼。

「就說你們之間不單純！」李佳惠嘟著嘴。

任凱無所謂地笑了笑，瞥了喬子宥一眼，然後對著封說：「出來一下。」講完便逕自轉身。

「等、等等我！」封趕緊起身追上。

「封！」喬子宥大喊，封卻沒有回頭。

「我先出去一下。」

封一路跟在任凱背後，一年級教室裡不時有女學生探頭出來偷看這位校園風雲人物。封下意識地往天花板看去，曾經待在那裡的米蘭達魂魄已經不復存在。

不時有竊竊私語聲傳進她的耳中，大家都在討論羅秉佑的事情，以及被凌遲致死的林沛亞。

「阿凱、小瘋子，這邊！」阿谷的聲音響起，封東張西望，卻沒看見人影。

任凱嘆了口氣，走到走廊的矮牆邊，將頭探出去朝上方仰望，「幹麼？」

封也來到任凱旁邊跟著向上望去，看見阿谷嬉皮笑臉的趴在樓上的陽臺邊。

「上來。」他招了兩下手，任凱一邊朝一旁的樓梯走去，一邊轉過頭看著封，像是在問她為何不跟上。

封看了看四周，發現所有人都將注意力集中在她身上，因為任凱從沒在校園裡和任何女生走在一起過。

封又往自己教室的方向看去，見到了一臉八卦的李佳惠和擺著臭臉的喬子宥。對好朋友隱瞞真相的罪惡感，讓她頓時想趕快逃離這個地方。

「等我！」所以封還是跟了上去。

兩人抵達三樓，阿谷站在樓梯的轉角處，比了個「噓」的手勢，要他們快點過去。

一行人繼續往上爬，來到通往頂樓的樓梯間，阿谷在安全門邊停下腳步。

「為什麼要來頂樓……這裡不就是方雅君死掉的地方嗎？」封一想起來便覺得毛骨悚然。

「她溺死的水塔是在另一邊的頂樓，不是這一邊。」阿谷翻了個白眼，「如果是這邊的話，我也不會想上來好嗎。」說完，他直接打開安全門。

一般校方都會將通往頂樓的門上鎖，或者明令禁止學生進入，但他們學校並沒有這麼做，算是給予學生極大程度的自由。

「學長，你的傷都好了嗎？」封有些擔憂地問，任凱只是活動了下自己的腳並扭扭脖子，然後聳肩，表示已無大礙。

「都過這麼久了，傷早就好得差不多了。」阿谷接過話。

「幹麼要我們來頂樓？」封看向阿谷。

「在這邊討論事情比較安全，避免隔牆有耳。」阿谷說著，踏入頂樓，任凱隨即跟上。戶外豔陽高照，在陽光的照耀下，阿谷染成紅色的頭髮格外顯眼，和髮色烏黑的任凱站在一起形成強烈對比。

等封也進入頂樓後，任凱將門關上。

「怎樣？沒露餡吧？」阿谷劈頭就問，封還沒會意過來，任凱已經搖頭。

「她曾經打電話問朋友林沛亞去了哪裡，所以我剛剛過去她班上的時候，她正在被其他兩個女生追問。」任凱說，神情有些無奈。

「不會吧！」阿谷拍了下額頭，「那沒事吧？」

「是沒有，不過……」任凱瞄了封一眼。「看來要被傳奇怪的謠言了。」

「什麼奇怪的謠言？」封歪頭。

阿谷一秒就懂，他搖搖頭，故作同情的拍拍任凱的肩膀，「辛苦你了。」

「謠言不過七七四十九天。」任凱不屑地說，「但如果可以，我眞希望緋聞對象不要是花栗鼠。」

封總算聽懂意思了，頓時憤慨起來。

因爲剛剛任凱到班上找她，加上她又說過兩人之前週末都待在一塊，所以想像力豐富的女高中生們很可能會自動腦補成：「任凱和封有一腿」。

「我也不願意啊！」封怪叫著。

「我都沒說不願意了，妳是在不願意什麼？」

「是啊，吃虧的可是阿凱。」兩個男生一搭一唱，孤立無援的封鼓著雙頰，怨氣根本無處發洩。

「還好這件事已經告一段落，我希望這輩子都不要再和靈異事件扯上任何關係了。」這是阿谷發自內心的願望，他天不怕地不怕，就怕鬼。

「我也希望。」但任凱知道自己這個願望幾乎不可能實現，因爲他擁有陰陽眼。例如此刻就有一個他從沒看過的鬼學姊，不斷地重複從頂樓跳下去、過一會兒又飛上來、再跳下去的過程。

聽說自殺者的靈魂會一直重複著自殺的行爲，直到實際上的陽壽盡了才能投胎，這是上天給不尊重生命的人的懲罰。

不過也並非每個自殺者都是如此，怨氣太深的亡靈仍是可以四處遊蕩。每個自殺者都有自己的理由，對於某些人而言，或許死亡眞的是種解脫吧……

任凱這樣想著，而那名鬼學姊突然抬起頭來，與他四目相接。

任凱身子一震，鬼學姊直盯著他，然後又往下跳。

「學長，你怎麼了？」什麼都看不見的封疑惑地問。

「別說！」阿谷連忙阻止。光看任凱的表情他就知道不是什麼好事，不禁覺得一臉茫然的封實在白痴。

盯著頂樓邊的女兒牆好一會兒，確定鬼學姊沒有再飛上來後，任凱才將頭轉回來，「我沒有要說。」

「是又看見什麼嗎？難道學校裡還有鬼？不是都升天了嗎？」封總算明白過來，嚇得哇哇叫著東張西望，反射性地往任凱身邊靠。

「不要靠我那麼近，滾遠一點！」任凱紅著臉要推開封，卻注意到她的手看起來不太對勁。

封的右手緊拉著他的衣角，左手放在深紅色的蘇格蘭裙襬上，手背上則覆蓋著右手——

她怎麼可能會有三隻手！

任凱悚然一驚，順著那隻蒼白的右手往上看去，一隻纖細的手臂自封的背後伸出來，一個披頭散髮的女人從封的肩膀後面露出四分之一的臉龐，外凸的眼珠與掛在嘴角的笑容讓任凱不寒而慄。

「你……你幹麼這樣看我？」被任凱的眼神盯得發毛的封瞬間僵住。

「靠！我什麼都不知道，什麼都沒看到，別找我！」阿谷見狀連忙閉上眼睛、雙手合十，口中喃喃念著阿彌陀佛。

「阿谷！你眞是沒義氣！」封抖著嗓音斥責。

「就是你了……」鬼學姊笑得花枝亂顫，愉悅無比，隨著她的顫動，頭皮上那漿糊般的腦漿「啪答」一聲落到地上。

「學長！不要用那種眼神看我啦！」封緊張到都快哭出來了，也不知道是不是心理作用，她總覺得任凱注視著的地方傳來陣陣寒意。

阿谷則在一旁繼續閉眼念佛號，打算來個眼不見爲淨。

鬼學姊笑著，又回到了頂樓的女兒牆邊，站到牆緣上後扭過頭盯著任凱，再次往下跳。

「……我們離開這裡。」任凱好不容易才開口。

一聽到這句話，阿谷二話不說拔腿跑到安全門邊，打開門就往樓下跑。

「你跑那麼快做什麼，樓梯那也有……」任凱大喊。

「我不想知道！」阿谷的聲音在樓梯間迴盪，轉眼間逃得不見人影。

任凱不禁嘆氣，其實樓梯間那裡總是坐著一個小孩，從服裝款式來判斷，應該是上個世代的人。

那孩子沒有惡意，似乎也沒有意識，只是終年坐在那裡，不移動也不抬頭。

已經走到安全門前的任凱發現封沒有跟上，於是轉頭，見到她還僵在原地。

「幹麼不走？」任凱說，他就怕那鬼學姊又飛上來重複跳樓行爲。

「學、學長……」封臉色慘白，帶著哭音說：「我、我走不動啊……」

「嚇得腿軟？」任凱先是不以爲意的笑了下，但目光移到封的腳上後，他的笑容立刻凝滯在嘴邊。

「我覺得……好像有東西在我的腳上。救命啊！學長！」封清楚地感覺到膝蓋以下被好幾雙冰冷的手掌貼著，但她死都不敢往下看，只能朝任凱求救。

任凱見到好幾十雙手交疊、貼在封的雙腳上，死命拉扯著，因此才讓封無法動彈分毫。

「妳先別動，我現在過去。」任凱佯裝鎮定。

忽然，鬼學姊出現在封的背後，血淋淋的蒼白雙手貼上封白皙的脖子。

「學、學長！我的脖子！耳朵！」封大吃一驚，她的耳朵跟脖頸都感覺到了冰冷的氣息。

明明站在大太陽底下，她卻覺得身體好冷好冷，不是都說鬼害怕陽光嗎？看來電視節目都是騙人的……封欲哭無淚地想著。

「離她遠一點！」任凱緩緩往前踏出一步，盯著鬼學姊。

「學長……」封圓圓的大眼睛裡盈滿淚水，只要輕輕一眨就會落下來。她可憐兮兮的看著任凱，不明白爲什麼又有奇怪的東西找上她，這次她明明沒有亂撿什麼。

「瘟神……」鬼學姊揚起詭異的微笑，任凱愣了愣，鬼學姊的嘴角瞬間裂至耳根，張開血盆大口就要咬下封的頭。

「封！小心！」任凱立刻衝了過去。

封雖然看不見纏著自己的是什麼，但仍感覺得到有什麼不好的事情發生了，立刻反射性閉上眼睛放聲尖叫。

「呀——」

一陣強風席捲而來，帶著濃郁的香甜氣味，卻隱約有種令人不太舒服的感覺。那陣風強得讓任凱幾乎站不住腳，他只得用雙手擋在面前，艱難地邁出步伐繼續往封的方向走去。

封卻穩穩地站在原地，只有一頭卷髮飛揚而起，而那些鬼手竟被強風吹得傷痕累累，紛紛鬆開手，先後縮到地面下隱沒不見。

鬼學姊則是發出淒厲的慘叫聲，身體冒出了火光，直到被風吹得形體都快要消散，那陣詭異的強風才終於逐漸平息。

待周遭平靜下來後，封雙腳一軟，跪坐到地上。

「妳沒事吧？」任凱趕緊問。

「嚇死了！怎麼可能沒事！」封心有餘悸。

「剛剛那是怎麼回事？」任凱皺眉。那陣風太不尋常了，無論是出現還是消失都很突然，而他環顧四周，發現所有鬼魂都不見了。

「好強的風，該不會是颱風吧？」封乾笑著，心中隱隱感到不安。

「怎麼可能。」任凱抬頭瞇眼看著豔陽，「妳要坐到什麼時候？快起來。」

「腳軟了啦！來扶人家一下嘛！」封坐在地上耍賴似的喊著。

「自己起來，妳胖成這樣我怕手會斷。」任凱冷冷地說。

「學長好過分！一點也不溫柔！」封抱怨著，只得自己爬起來。

任凱沒有理會，內心思考起來。陰陽眼跟了他十幾年，就算偶爾也會被鬼捉弄，但情況從沒有像最近這麼頻繁。

應該說，他以前遇見的鬼大多是地縛靈或是路過的無意識幽魂，很少有凶靈。但自從經歷琉璃事件後，學校裡頭原有的鬼魂似乎都出現了變化，較爲凶惡的鬼魂更是像覺醒了一般，忽然之間傾巢而出。

他不明白爲何會出現這些異狀。

「學長，我們是不是應該去廟裡拜拜和收驚之類的？」封湊到任凱身旁。

任凱立刻拉開和她之間的距離，並白她一眼，「我不信那個。」

「眞的假的……你跟我爸媽一樣耶，他們也都不信那些，而且很奇怪喔，他們相信有鬼存在，卻不信神！你知道嗎，我只是說想去看看神明遶境，我媽就大發飆……」

任凱完全沒有在聽封說話，只是繼續思考著剛剛想到的問題。

或許是因爲封撿起琉璃，讓被羅秉佑殺害的女孩們甦醒，她們的不甘心或是嫉妒、恐懼等波動，連帶影響了整間學校原有的平靜？

負面情緒是會擴散的，所以那些不願接受死亡這個事實的亡靈也因此受到影響，才統統覺醒過來？

還有，剛剛鬼學姊說了「瘟神」兩個字，究竟是指誰？

「學長！你有在聽我說話嗎？」封跺了跺腳。

「妳只會講廢話，不聽也罷。」說完，任凱頭也不回地轉身離去。

封一臉錯愕的呆站在原地，忍不住又鼓起雙頰，覺得任凱還是一樣難以相處。明明兩人都一起出生入死過了，這傢伙的嘴巴依然壞得要命，跟他帥氣的外表完全搭不上。

「學長！等等我啦！」她追了上去，還不忘乖乖把安全門關上。

一面走，她一面想著剛剛那陣突然捲起的詭異強風。在琉璃事件中，當萬伯要傷害她，以及方雅君要攻擊她的時候，也曾有一陣詭異的風捲來解救她。

封下意識摸上自己的背，而後又凝視著自己白皙的手腕。

明明她的背部被萬伯丟來的鏟子刺傷了，全身還幾乎有一半的面積被羅秉佑潑灑的肉湯燙傷，可是卻沒留下半點傷口。

應該是說，連一點疤痕都沒有。

那椎心刺骨的劇痛以及血液汩汩流出的感覺是如此鮮明，毫無疑問，她的確受了重傷，可是卻以極快的速度復原。

封看著自己的手心，那陣怪異的風與她這奇怪的身體，兩者之間有關聯嗎？

阿谷和任凱站在二樓的走廊上交談，阿谷不知道在嚷嚷些什麼。這兩個人站在一起實在太顯眼，旁邊的女學生們都低聲討論著。

封站在一邊躊躇著，她究竟是要就這樣回去自己的教室，還是該過去跟他們打聲招呼？

「我以後絕對不要再去頂樓。」阿谷用拳頭輕輕捶了任凱一下。

「其實學校裡很多地方都有……」任凱無奈地說。

「靠！閉嘴啦！」阿谷氣極敗壞地大吼，而後瞥見站在樓梯邊的封，「小瘋子，妳剛剛有看見什麼嗎？」

瞬間，不只是走廊上，包括待在教室裡的人都轉過頭來。

「沒、沒有。」封被看得亂不自在，侷促地扯著自己的裙角。

阿谷朝她走過去，所有人的目光焦點都落在兩人身上，讓封更是慌了手腳。他走到封的身旁，忽然彎腰附在她耳邊小聲說：「阿凱說頂樓有個女鬼一直在那邊跳樓，剛剛還站在妳後面。」

封頓時整個人傻住，張大嘴巴，一臉不可置信的看著阿谷。

「小瘋子，妳要小心喔。」阿谷勾起笑容，拍拍她的肩膀。「阿凱，閃了。」

「你又要溜？」任凱雙手手肘往後抵著走廊的牆壁，站姿隨意，黑髮在太陽的照射下染上了些許棕色。

「靠夭，我要去廟裡冷靜一下。」阿谷憤憤地回，心裡埋怨任凱沒事告訴他頂樓有鬼的事情幹麼，害他又嚇個半死。

阿谷的腳步聲遠去後沒多久，盧教官的吹哨聲突然響起，隨即聽見他咆哮著要阿谷回教室上課。想當然耳，兩人又開始在校園裡上演追逐戰。

封這時才從剛剛的驚嚇中恢復過來，快步朝任凱走去，嘴巴依舊張得大大的。

「閉上嘴巴，醜死了。」任凱翻了個白眼。

「眞的在我後面？在、在我後面？」封幾乎要尖叫出聲。

「是剛剛，不是現在，而且妳不是也感覺到了？還有，我說過很多次了，不要靠我這麼近。」任凱想扯開封抓住自己衣角的手，卻瞥見了其他人的反應，女生們都用不敢置信的表情瞪著封。

封滿腦子都是剛剛鬼學姊站在她背後的事情，完全沒有意識到其他女孩強烈的嫉妒眼神，於是任凱忽然心生捉弄她的念頭。

「放心，現在沒有了，有我在。」任凱故意雙手搭在封的肩膀上，揚起溫柔的微笑。

「有你在才會有！」封馬上反駁，卻發現不太對勁。爲什麼任凱看她的眼神會這麼溫柔？還主動把手放在她的肩膀上……等等，那電力十足的笑容是怎麼回事？

「學、學長，你怎麼了？」她不禁戒備起來，直覺認爲這絕對不是好事。

「我沒有怎麼樣啊，不是一直都是這樣嗎？」說著，任凱還輕撫了一下封的卷髮。

咿——太可怕了！居然還摸她的頭髮，明明平常都離她遠遠的，現在這麼溫柔的樣子一定有詐！封驚恐地想著，驀地感覺背後涼涼的。

她緩緩回頭，看見學姊們個個殺氣騰騰地瞪著自己。

天哪！她都忘了，任凱學長可是全學校最受歡迎的男生！剛剛阿谷走向她的時候就已經受到一堆學姊注目了，現在又來一個任凱，簡直是火上加油。

「我和學長沒有關係，大家千萬不要誤會！」封所能想到的辦法就是趕緊澄清。

「是啊是啊，沒有關係。」任凱又摸了摸她的頭髮，故意貼在她耳邊說：「妳還痛嗎？」

這個舉動引來了女生們的驚叫，連男生們也看好戲似的在一旁圍觀。任凱雖然很受歡迎，卻從來沒有和任何女生如此近距離接觸過，因此周圍的女孩們都虎視眈眈，一副隨時要撲過來將封撕成碎片的樣子。

「上課了，掰。」任凱看著封的驚慌模樣，不由得笑了起來，隨即走回自己的教室，留下封一個人傻站在走廊上，和眾多學姊大眼瞪小眼。

「嘿、嘿嘿……」封乾笑了一下，接著拔腿就往樓下跑。

任凱看著封落荒而逃的背影，心情頓時好上不少，他相信這隻花栗鼠以後不敢再隨便碰他了。

但好心情只維持到開始上課後十分鐘，因爲當他轉過頭看向窗外時，那個鬼學姊又從頂樓跳了下來，正巧和他對上眼。

第二章

我一直想死，卻一直都不敢真的去死。

我看著手腕上割出的傷痕，很痛，也流血了，但這樣還是根本不可能死得成。人類沒那麼容易死亡。

最後，我擦了些藥膏，然後纏上繃帶。但手腕上有繃帶看起來反而顯得更加愚蠢。

幸好換穿冬季制服了。我本來以為，只要注意不把袖子拉起來，就不會有人看見這個代表我沒死成的屈辱印記。

可是我實在太大意了，我萬萬想不到她們會做得如此過分。

因為老師請假，數學課臨時宣布自習，而她們覺得無聊，所以便決定玩我。

她先摸了摸我的頭髮，然後跟班上其他人說，我的髮質很柔軟很好摸。

結果一半以上的女生都跑來摸我的頭髮，還又拉又扯，讓我掉了好幾根頭髮。

她們越玩越開心，我一聲也不敢吭，只能揪緊自己的裙襬，咬著牙等她們玩膩。

不過她卻拿了把剪刀過來，不懷好意地提議：「喂，我幫妳剪剪髮尾的分岔吧！」

「好啊好啊！哈哈哈！」其他人笑著附和。

我拚命抵抗，分不清是誰壓著我的頭、誰抓住我的手，只看見她那印著紅格子花樣的裙襬貼在我桌邊。她的笑聲從頭頂傳來，剪刀不斷「喀嚓喀嚓」剪下我的頭髮。

全班同學都在笑，她也在笑。更誇張的事情發生了，她剪到了我的耳朵。

我不知道她是不是故意的，在血流出來的瞬間，那些抓住我的人手都鬆開了，場面稍微安靜了一下。

那時候我本來心想，原來她們這些人還是有救的，就算總是欺負我，至少也還懂得生命的重要性吧？

「完蛋了啦，流血了！快點，我們帶她去廁所清理一下！」她開口說，她的忠實跟班們立刻將我拉起來，加上她，總共有四個人帶著我離開教室。

可是等到我們進了廁所後，我才發現事情根本沒這麼簡單。

她們為了讓外面的人看不見發生什麼事情，於是將整間廁所的大門鎖上。她臉上的表情很可怕，手上的剪刀也沒有放下，我完全沒想到接下來會發生那種事。

我是在不知不覺中又惹她們生氣了嗎？為什麼她們會做到這種地步？

她們用力捏著我的臉頰，一下就造成青紫色的瘀痕，還拿剪刀亂剪我的頭髮。

「嘿，妳自殺啦？」她突然發現我手腕上纏著繃帶，其他跟班也看過來。「可是妳還是沒死成啊。」

「連自殺都辦不到？」其中一個跟班嘲諷著，她叫做彭禹惠。

「妳到底還有什麼事情能做好啊？真沒用。」另一個跟班留著一頭短髮，是方怡涵。

「不如讓我們幫幫妳，或是教教妳？」長髮披肩，有著圓亮大眼的那個跟班說，她是藍映潔。

「拿去。」她笑著，笑得動人無比，把剪刀交給藍映潔。

我被三個跟班硬是壓制在地上，藍映潔拿著剪刀跨坐在我的肚子上，其餘兩人則抓住我的手，磁磚地板的冰冷令我打了個寒顫。

我死命掙扎著，但她卻站到我頭頂上方的地面，彎身用雙手緊扣住我的頭部。

「不要動，又不會痛。」她輕蔑地笑。

另外三個跟班也都笑了。我看見剪刀緩緩往我的左手腕移去，尖端刺入皮膚，鮮血滲了出來，傷口隱隱作痛。

自殺跟被殺是完全不一樣的，我再一次體驗到當初差點被推下樓梯時的恐懼，她們欺負過我這麼多次，但只有這次，我忍不住掉下了眼淚。

「終於哭啦？」她這麼說，帶著勝利似的喜悅表情。

三個跟班都停下動作，站直身子拍拍制服裙。

她盯著我的眼睛看了好一會兒，然後用食指沾了沾我的眼淚，彷彿要確定這是真的。

「這樣才有趣啊。」她拍拍我的臉頰，起身離去。

廁所的大門重新打開，路過的學生們都能看見我躺在地上，但沒有人敢進來幫我，事實上也沒有人想幫我，大家不是漠視就是嘲笑。

忽然間，我明白了。她們欺負我，只是因為這麼做她們會感到快樂。

她們想看見我哭。

封看看時鐘，又看看窗外，再看看課本，接著看了看老師，最後視線回到時鐘上，就這樣不斷重複。

她焦慮地想著，啊啊……爲什麼還不下課？肚子好餓好餓，好想快點衝去合作社買麵包。

「那麼今天課就上到這裡，下禮拜要小考喔。」臺上的老師說完，鐘聲正巧響起，封立刻從座位上跳起來，拿著錢包就往外跑。

「封！妳要去哪？」喬子宥連忙追上去拉住她的手。

「買合作社的咖哩麵包……」封不明所以，「妳也要嗎？」

喬子宥一愣，尷尬地扯了扯嘴角，「我跟妳去吧。」

「那快點吧，咖哩麵包那麼搶手，去晚了八成就沒了！」封拉起喬子宥的手，兩人一起往合作社跑去。

坐在位子上的李佳惠看著這一幕，不自覺地咬起自己的大拇指指甲。她這陣子始終想不透，爲何傻裡傻氣的封會和任凱及阿谷學長變得要好？

更重要的是，封認識了兩個帥哥居然不知道要介紹給她，讓她越想越覺得生氣，忍不住心生怨懟。

聖光高中占地廣大，但合作社還是和其他學校一樣只有一間，位於至美樓接近體育館那側的一樓。

合作社裡販售了很多好吃的食物，前三名熱銷商品分別是咖哩麵包、現榨芒果汁，還有夢幻逸品——手工布丁。

從入學到現在，封只搶到過兩次咖哩麵包，而第二暢銷的芒果汁因為是夏季限定，想買到是難上加難，手工布丁她更是連看都沒看過。

因此，封一直有個願望，就是在畢業以前一定要想辦法同時買齊三樣東西，湊在一塊吃掉！

她和喬子宥一來到合作社前，都瞬間傻眼了，人山人海還不足以形容眼前的盛況，擁擠的程度大約像是一個游泳池裡擠滿了人，導致連水都看不見。

「放棄咖哩麵包好嗎？」喬子宥光看就覺得累了，實在不想加入人擠人的行列。

「不！我一定要吃到！」這陣子被阿飄折騰得這麼累，封決定一定要吃美味的東西來撫慰自己受創的心靈。

她捲起袖子，拉拉裙子，一鼓作氣往前方的人群中衝去。

「封！」喬子宥來不及拉住她，只好嘖了聲跟上去。

封在人潮中被擠到臉都要變形了，卻絲毫沒能前進半步，周遭的人簡直像洪水猛獸一樣，不斷彼此推擠，她甚至被逼退出來好幾次。

「我不能放棄……」封趴在地上，一隻手顫抖著伸向合作社的方向，神情悲壯。不過是搶個麵包而已，她卻像是要上戰場打仗。

「小瘋子，妳在幹啥？」眼前出現一雙紅色球鞋，封不用往上看也知道是誰，穿著紅鞋又叫她小瘋子，只可能是那個人。

「阿谷，你不是蹺課了嗎？」她頭也沒抬，依然趴在地上，聲音有氣無力。

「倒楣被盧老頭抓到，寫了一整節的『我以後不再蹺課』，搞得我有夠餓。」阿谷抱怨。

嗯？好香的味道。封緩緩抬頭，逆著光看見阿谷手上拿著一樣東西……

「咖哩麵包！」她瞬間跳起來，把阿谷嚇了一跳。

「幹麼啦！」

「你怎麼搶得到！」封驚訝地上下打量著阿谷，發現他不管是頭髮還是衣服都沒有絲毫凌亂，神情也很輕鬆，完全不像是剛剛經歷過搶奪大戰的樣子。

「搶？這需要搶嗎？」阿谷一副狀況外的樣子，咬下一大口咖哩麵包。

「搶得要死啊！」封激動地抓著阿谷的衣領大喊，而此時喬子宥灰頭土臉的從人群中走出來，像是整整消耗了大半的生命力。

「封，已經賣完了……」話說到一半，喬子宥才看見阿谷站在封的面前，衣領被封以雙手抓著。

「我的天！賣完了……」封像洩了氣的皮球似的往地上一跪，揪著阿谷衣領的手卻沒鬆開，順勢往下拽。

「喂喂喂！放開！」阿谷跳了兩下，差點被扯得跌倒。

見封這樣垂頭喪氣，他皺眉看著手裡的咖哩麵包，問：「這很難搶喔？」

封點點頭，喬子宥則走到她的旁邊。

「我不知道耶，不然我這邊還有一個，給妳。」說完，阿谷眞的從口袋裡拿出另一個咖哩麵包。

「爲什麼你會有兩個！」封瞪大眼睛。

「這個是阿凱的啦。」阿谷聳聳肩。

「爲什麼？」想要一個都已經很難搶了，阿谷居然有兩個，封覺得這實在太沒天理了。

「阿姨給我們的啊。」阿谷一臉理所當然，目光忽然變得迷離起來，「不過要我說的話，布丁才眞的是人間美味啊，我沒有很喜歡甜食，但那個布丁還眞是不得了。」

「你連布丁都吃過?」封不敢置信，那可是夢幻逸品，很多學長姊直到畢業都還不知道布丁長得是圓是扁。

「布丁也很難搶嗎?」阿谷似乎眞的不知道，「都是劉美女拿給我們的，說是多做的。」

「劉美女?合作社的劉阿姨嗎?」封轉過頭去，看著站在合作社收銀臺前的一個胖阿姨，就是那個阿姨做出這些美味的東西。但明明每次都不夠賣，怎麼可能會有多餘的?

「是啊，所以妳要吃嗎?」阿谷聳聳肩。

「當然要啊!」封差點就要掉下眼淚了，同時覺得這個世界上果然還是有神的存在，心中感激不已。她伸出雙手想接過咖哩麵包，阿谷卻突然把手往上一抬。

「學長?」

只見阿谷露出一個狡滑的笑容，居高臨下看著她，「小瘋子，這時候就知道要叫我學長了?」

那當然啊，有求於人耶!封心想，露出自認很可愛的笑容，「阿谷學長，拜託讓我吃一口嘛，我可以給你錢。」

「這可是阿凱的份，妳要先問過阿凱。」阿谷壞笑著，看著封那彷彿快哭出來的可憐模樣，他就覺得無比開心。

但一旁的喬子宥就看得不開心了，她知道阿谷根本是在藉機欺負人，於是一把拉過封，「明天我再幫妳買。」

「可是我現在就想吃啊……」封完全沒有察覺到喬子宥的不滿，嘟起嘴巴，不願妥協。眼前就有咖哩麵包，她實在不想要等到明天。

「封！」喬子宥生氣地瞪著她，都被這樣耍著玩了，封還不自知。

「學長！」封沒有回應，因爲她看見任凱正慢條斯理地從至善樓那邊走過來，於是對著他拚命招手。

任凱瞇眼看著她，接著翻了個白眼，走近後才不耐煩地出聲，「幹麼？」

「學長！咖哩麵包可以賣給我嗎？」封趕緊問。

阿谷手上拿著麵包晃啊晃，痞笑著搖搖頭，任凱看了看他，又看了看封，大概猜到了是怎麼回事。

任凱聳聳肩，拿過阿谷手中的麵包，封立刻像隻小狗般湊過去。他沒忽略封期盼的眼神，當然也不會忽略後面緊緊皺著眉的喬子宥，這個短髮學妹總是對他展現出毫不保留的厭惡。

「妳是有多貪吃啊？」他打開包裝，咖哩的香味立刻飄散出來。

「不知道爲什麼，我今天就是特別想吃咖哩麵包，而且又好累……」封直盯著麵包看，看起來十分濃郁的醬汁讓她無法移開目光。

「這樣喔……」任凱將麵包遞到封的面前。

「要、要給我吃嗎！」封看著麵包，雙手交握放在胸前，眼神發亮。

任凱只是露出迷人的微笑。

「謝謝學長！啊——」封張大嘴巴，任凱卻馬上將麵包往自己的嘴裡塞，一邊咀嚼一邊看著封。

「學長，你……」封愣住了，她不明白為什麼任凱會自己吃掉。

「怎麼可能給妳吃？自己去搶。」任凱邊說邊繼續將麵包往嘴裡送，一副津津有味的樣子。

「好了，走吧！」阿谷哈哈大笑，滿臉幸災樂禍，「等等我們要上體育課，不方便丟垃圾，就麻煩妳啦，小瘋子。」他把咖哩麵包的塑膠袋塞到封的手裡。

「我的也麻煩啦。」任凱也順勢塞過去，「如果不嫌棄的話，上面有沾到一些咖哩，妳可以舔一舔。」

兩人說完，大笑著往體育館走去，封生氣地在原地猛跺腳，將手上的塑膠袋狠狠揉成一團，對著兩人的背影怒喊：「誰要吃啊！」

一旁的喬子宥忍不住笑了，看來之前是她杞人憂天。先別說封了，那兩個學長對封既不溫柔也不友善，封和他們之間根本不可能發生什麼不該發生的事情。

「好了啦，明天再來搶吧。」喬子宥拍拍封的肩膀，封無奈地點點頭，兩個人往至善樓的方向走。

任凱和阿谷都聽到了封在後面大喊，不過他們壓根沒打算搭理，一路有說有笑的往前走。但很快，任凱突然感受到一陣惡寒。

他下意識地回頭，只見封和喬子宥已經走到至善樓前面，他又往頂樓看去，發現那個反覆跳樓的鬼學姊就站在女兒牆上，垂下頭注視著封。

彷彿事先計算好了一樣，在封她們最接近至善樓的那一刻，鬼學姊瞬間直直墜落而下。

正常來說，一般人是碰不到鬼的，只有當被鬼穿過身體或是有鬼經過身邊的時候，才會感到一陣陰冷。但依體質的不同也會有差別，有些較敏感的人可能會因此生病。

可是任凱卻驀地有種很不安的感覺，於是他轉過身往封的方向跑去。

「阿凱！你要去哪？」阿谷朝他大喊。

體育館和至善樓之間有段距離，任凱就算跑得再快也沒辦法及時趕到將封拉開，因此他只能大吼：「花栗鼠！閃開！」

封聽見任凱的聲音，馬上氣呼呼的轉過頭，想反駁自己不是花栗鼠，卻捕捉到他驚慌的神情。

她最討厭看見任凱露出那種表情了，那代表著肯定有什麼不好的東西。

一陣很冷、很不舒服的感覺驀地襲來，她眼前一黑，暈了過去。

封醒來，發現自己又躺在保健室裡，不禁緊張起來。她對保健室實在一點好印象也沒有，此時床邊的白色簾子正輕輕飄動，讓封很害怕又看見有什麼東西站在簾子後。

幾個禮拜前，她也躺在這裡過，那時候方雅君就站在簾子後面，企圖殺害她。

「醒了？」

「學長……」封轉頭一看，見到居然是任凱在自己身邊，她想坐起身來，但強烈的暈眩感讓她使不出力，只能又倒回床上。

「躺著吧。」任凱粗魯地拉過棉被，幫她蓋好。

「學長，剛剛是不是又有……」封雙手揪著棉被上緣，神情不安。

「嗯。」

「果然！討厭啦！」封一把將棉被蓋到自己的臉上，彷彿這樣就能安全一點。

「有感覺到什麼嗎？」任凱問。

「沒有，就只是覺得很冷、很不舒服而已。」封悶悶地回應。「剛剛到底是怎麼回事？」

任凱想了想，還是將他剛剛所看見的情形一字不漏的說出來。

當時，跳下來的鬼學姊從封的頭頂穿過，直直墜落到地面，腦漿及鮮血瞬間全部飛濺到封的身上，令她乾淨的白毛衣染上一片鮮紅。

這幅景象只有擁有陰陽眼的任凱看得見，而被鬼學姊穿過的封暈了過去，倒地的姿勢和癱在地上的鬼學姊一模一樣。沒多久，鬼學姊爬了起來，沿著至善樓的外牆迅速往頂樓爬去，就像一隻行動異常迅疾的蜘蛛。

實在是太噁心了。任凱帶著嫌惡的表情抬頭，看到鬼學姊又再度站在女兒牆上面，綻開奇怪的笑容，又一次往下跳。

見狀，任凱趕緊將還在試圖叫醒封的喬子宥推開，迅速抱起封閃到一旁。千鈞一髮之際，鬼學姊重重摔在剛剛封躺著的地方，用相同的詭異姿勢。

「真可惜……」躺在地上、身體扭曲變形的鬼學姊眼珠子轉了一圈，盯著任凱的臉。

「請妳走開。」任凱對著鬼學姊說，喬子宥卻生氣了。

「憑什麼要我走開？」

「我不是在說妳。」任凱沒好氣的看了她一眼。

「你當我是白痴嗎？」喬子宥相當不客氣，任凱也無可奈何，畢竟他不可能直說其實他是在和鬼學姊說話。

最後，他決定先不管喬子宥，抱著封就往保健室走去。

當然，喬子宥還是跟了過來，但途中卻遇上了體育老師，要求她一起幫忙拿器材。於是，喬子宥只能眼睜睜看著任凱抱著封走遠，不甘願地跟著體育老師離開。

「因爲子宥是體育股長，動作標準，體能也好，而且又是代表學校參加短跑比賽的重要選手，所以體育老師才會找她幫忙吧。」聽完事發過程，封如此回應。

「妳只有這個感想？」任凱覺得眞是敗給她了，喬子宥被體育老師找去幫忙的事根本不是重點。

「嗯……不然要我說什麼嘛！我又看不見那個鬼學姊，而且這一次我沒有亂撿東西，她只是剛好跳下來穿過我而已吧？」

「很抱歉，她是站在上面等妳經過，才故意跳下來的。」任凱毫不留情地說出事實，「妳是不是有招鬼體質啊？」

「怎麼可能！我以前從來沒遇到過那種東西，除了上次撿了琉璃以外……」封癟著嘴，這種恐怖的經歷她實在不想再來一次了。

這番話任凱是相信的，因爲封的身邊一直都圍繞著一股正向氣息，照理說，這樣的人不太可能會被鬼魂糾纏，就算眞的有招鬼體質，也不至於一被鬼碰到就暈倒。

想到這裡，他臉色一沉，思考起另一種可能。

鬼學姊說的瘟神，其實指的就是他吧？因爲他的過去，造就了現在的陰陽眼及陰性體質。所以，會不會是因爲他和封接觸，才讓她也開始被鬼魂纏上？

不過這個猜測很快就被任凱排除，因爲和他最親近的阿谷依然活蹦亂跳的，也沒聽他說過什麼鬼不鬼。

「學長，那個鬼學姊爲什麼會死掉啊？」封忽然問。

「跳樓啊。」任凱露出一種看到白痴的表情。

「我知道啦！我是說，跳樓就是自殺對吧？那她爲什麼自殺？」

「這我哪會知道。」任凱站起身，「既然妳醒了，那我要回去上課了。」

「那、那我也要走了！」封立刻爬起來，她一點也不想自己待在保健室。

「妳就乖乖休息吧。」任凱看看手錶，「我想妳的護花使者應該也很快就會過來。」

「什麼護花……」餘音未落，保健室的門便忽然被打開，喬子宥站在門口微微喘著氣。

「謝謝你把封送過來。」喬子宥還是禮貌性的跟任凱打了招呼，接著走到封的床邊。「好一點了嗎？」

封點點頭，卻看著任凱離開的背影，「學長！」

任凱停下腳步，並沒有回頭。

封也不太明白自己爲什麼要叫住他，畢竟她會和任凱認識，是因爲撿了那顆琉璃，現在事情都結束了，她和任凱也不會再有交集了。

一年級和二年級教室位於的樓層不同，兩人即使在同一所學校，平時大概也很難見到面。

想到這一點，封不知爲何有些感傷。

「掰掰。」最後她只是這麼說。

任凱抬手揮了揮，走出保健室。

「封？」看著封明顯有點失望的表情，喬子宥皺起眉頭。「怎麼了？」

「沒什麼。我們回教室吧！」她打起精神，笑著說。

離開保健室的時候，封回過頭看了下窗外的小花圃。

就是因爲在那裡撿到琥珀色琉璃，才會引發後面一連串的事件，即使現在回想起來仍心有餘悸，但可以揪出羅秉佑這個壞蛋，封覺得非常値得。不過，沒能及時救出林沛亞這件事，也成爲了永遠的遺憾。

她們往教室的方向走去，再次經過操場時，封下意識抬頭往上看。

頂樓的女兒牆邊站著一個人，她的裙襬在風中飄揚，逆著光，似乎隱約能看見她勾著笑容。

封還來不及瞇眼細看，那個女孩就跳了下來，直接逼到她面前，兩人之間的距離不到五公分。

看著她充血的雙眼與嘴角的森然笑意，封知道，這一次她好像又莫名其妙惹上什麼了……

任凱寒毛直豎，他剛爬上樓梯，馬上就看見鬼學姊又從頂樓往下跳，他趕緊跑到走廊的矮牆邊探出頭往下查看，見到封正好站在樓下。

「花栗鼠！」任凱大喊，但已經來不及了，而且這一次鬼學姊並沒有穿過封的身體，而是直接進入了封的體內。

任凱立刻向樓下跑去，一步三階的用最快速度衝到一樓，只見封低垂著頭安靜站在那裡。

「封？封？妳怎麼了？」喬子宥在一旁不斷搖晃她，但封一點反應也沒有。

「不要碰她。」任凱保持距離小心觀察著。

「憑什麼要我別碰她？」喬子宥板起一張臉。

「聽我的，妳離她遠一些。」任凱還是緊盯著封。

「你……」

「妳不覺得很奇怪嗎？」任凱壓低聲音。

聞言，喬子宥頓時冷靜下來。她仔細一看，發現封的站姿很詭異，雙手垂在身側，雙腳微微往內彎曲，腳尖還踮了起來，就像有什麼人揪著她的後領，把她整個人拎了起來一樣。

「封？」喬子宥試探著喚了一聲。

上課鈴聲已經響過了，所有人都返回教室，操場上只剩下他們三人。任凱瞇著眼，決定必須速戰速決，否則讓其他人看見這詭異情況就麻煩了。

「我並不想死啊。」封忽然開口，聲音比平常低沉一些，還帶著哭腔。

「這不是封的聲音！」喬子宥驚恐地往後退一大步，轉頭看著任凱，「到底是怎麼回事？」

「被附身了。」

封的頭慢慢往左邊轉，像是脖子卡住了似的，一點一點地轉動，雙眼通紅，嘴角掛著奇怪的笑容。

「離開她的身體。」喬子宥冷然說，任凱有些意外，不禁在心中暗自佩服她的冷靜。

「我並不想死啊！」封更加激動地喊，神情轉為怨憤。

「是妳自己選擇自殺。」任凱淡淡回應，思索著該如何是好。他又沒有符咒或者佛珠之類的東西，而且鬼學姊都可以在光天化日之下大搞附身了，可見陽光對她也沒有傷害。

「是有人逼得我自殺！」封的手往前指，卻不是在指任凱或喬子宥。

「那也是妳自己做的選擇。」喬子宥毫不同情，她一點也不在乎鬼學姊自殺的原因，她只擔心封的身體。

「查出來！查出來！」封忽然尖聲高喊，附近幾間教室裡出現騷動，有幾個人探出頭來想看看發生了什麼事。

「鬧大了，快點解決啊！」喬子宥焦急地喊。

「我當然知道！」知道歸知道，對於該怎麼解決問題，任凱實在毫無頭緒。

喬子宥嘖了一聲，她本來還以爲任凱會有什麼好辦法。她怕這個怨靈等等又會做出什麼失控的舉動，於是對著封大喊：「我們會查出來，快離開封的身體！」

「白痴！不能隨便答應！」任凱氣急敗壞地大吼，但已經太遲了，鬼學姊透過封的身體露出滿足的笑容。

「來不……」

「你們三個還站在那邊做什麼！」一陣哨音猛然從另一邊傳來，打斷了鬼學姊說話。

「哇！好痛啊老頭，放手啦！」阿谷的哀號聲也傳來。

「都上課了，還不回教室去？」盧教官一手揪著阿谷的耳朵，往這裡怒氣沖沖的跑來，阿谷被逼迫得不得不跟著跑過來。

鬼學姊往盧教官的方向看過去，淒厲地慘叫一聲後消失，封頓時腳軟，差點就要直接摔在地上，幸好任凱眼明手快，立即衝過去扶住她。

「任凱？又是你這小子，現在蹺課還拉人一起就是了？」盧教官走過來後看見熟面孔，立刻喝斥。

「冤枉啊，教官，我們不過是慢一點進教室而已。」任凱一面嬉皮笑臉的回話，一面想攙扶封站起來，但她依然處於昏迷狀態。

「教官，我們是一年三班的喬子宥和封葉，封葉可能是中暑了，她暈倒的時候任凱學長正巧路過，所以我們是正要帶封葉去保健室。」喬子宥站出來解釋一切，盧教官瞇了瞇眼睛，認出她是常代表學校參加體育比賽的優秀學生，頓時相信了這番說詞。

「那快送她去保健室。」盧教官看看昏迷不醒的封，然後又看看阿谷，「至於你這死小子，跟我到訓導處去！」

「老頭，現在都改名叫做學務處了啦！」阿谷繼續哀號，他的耳朵痛得要命，盧教官下手一點都沒有留情。

「叫我教官！」盧教官氣得加重了手上的力道，讓阿谷又痛呼一聲。

任凱看著被拽著耳朵一路拖到學務處的阿谷，心中暗暗同情。阿谷應該是眞的被靈異事件嚇到了，才會一直想要蹺課出去拜拜，沒想到卻再度被盧老頭抓到。看樣子，他這個禮拜都不會太好過了。

「她是被什麼附身？」快走到保健室時，喬子宥終於有些顫抖的開口。

「一個跳樓死亡的學姊。」事已至此，任凱沒打算再隱瞞。

喬子宥深吸一口氣，「那我答應了她的要求，沒做到的話會怎樣？」

「我不知道。」任凱臉色凝重，而喬子宥沒有再說話。

最慘，就是賠命吧。這是任凱沒說出口的猜測。

鬼學姊之所以會離開，盧教官幫了很大的忙。一般都說軍人正氣凜然，連鬼怪都會懼怕，看來果然沒錯。想到這裡，任凱決定以後還是少蹺幾次課，別讓已經一把年紀的盧教官追著他和阿谷滿校園跑，這也算是一種感謝教官的方式。

第三章

後來，我開始學會哭了。

只要我哭，或是大叫、求饒，說我不要，說請放過我，她們就真的會停手。她會一手環在自己的腰上，另一手輕輕掩著嘴，露出令人顫慄的美麗微笑。

「今天這麼快就求饒了？」

「堆撲七……」那時我沒有辦法發出清楚的聲音，因為我的頭正被硬是壓往馬桶裡面。

「我聽不懂。」藍映潔的腳踩在我的頭上。

「喂，看鏡頭啊！」彭禹惠在一旁笑著，手裡拿著最新型的手機錄影，「上次的影片點擊率超高的！」

「欸……這樣放到網路上會不會有問題啊？」方怡涵一向膽小怕事，只會跟著強勢如女王的她一起欺負我，她就是一個只要不是自己被欺負，隨便誰被欺負都好的懦弱女孩。

「妳怕什麼啊？我可是連臉都入鏡了耶！」藍映潔高聲說，滿不在乎。

「是啊，而且拜託，網路上超多這種影片，真正有事的又有幾個？」彭禹惠嗤之以鼻，「把她的頭拉起來一點，這樣才拍得到啦。」

藍映潔聞言，伸手將我的頭猛地扭向右邊，抓著我的頭髮，強迫我看著鏡頭。

「Smile～」彭禹惠說完後立刻大笑，還伸手用力捏我的臉頰。

「用這個啦。」像是怕被排擠一樣，方怡涵獻寶似的拿起旁邊的馬桶刷，我忍不住瞪大眼睛。

「不錯喔！」藍映潔笑得更開心了，她接過有著紅白相間刷毛的馬桶刷，在我的臉上來回刷啊刷的。

「哎噁！有咖啡色的東西耶！」方怡涵尖叫，滿臉嫌惡。

「哇特寫特寫！快點，放到她嘴巴裡啦！」彭禹惠更興奮了。

我死命閉著眼睛，感覺到刺人的刷毛在我的嘴邊摩擦，嘴唇被刮破了，我聞到了淡淡的血味。

「張開嘴巴，快點！」藍映潔更使勁地在我嘴邊來回刷動。

「快點，要張開嘴巴才會結束錄影喔。」大概是看我不肯配合，藍映潔更用力地抓著我的頭髮往後拽，我感覺到有閃光燈，於是微微睜開眼睛，看見了她。

她掩嘴笑著站在廁所門邊，每次只要有錄影，她就不會發出聲音。

她很聰明，平常不動手，只動口，也不會入鏡，只負責指使。

她舉起本來掩著嘴的那隻手，握成拳頭，然後再慢慢打開。

藍映潔看懂了那個手勢的意思，我也懂了。下一秒，藍映潔將我整個人翻轉過來，雙腳打開跨在我的身體兩側。

我的脖子抵在馬桶邊緣，髮尾落到馬桶裡，沾到了裡頭的水。

「把她的嘴巴撐開。」藍映潔勾起一個動人的微笑，在我眼中卻是惡魔般的笑容。

方怡涵跳過來，一手壓著我的下巴，另一手撐著我的上顎，厲聲威脅：「如果妳敢咬我就死定了！」

依然錄影著的彭禹惠笑得無比開心，起鬨著：「快點快點！」

馬桶刷前端就這樣被塞進了我的嘴裡，不斷轉動、摩擦著，血腥味和臭味全攪和在一起。

而後，彭禹惠結束錄影，她們聚在一旁看著重播的「成果」，還一面嚷嚷著哪個角度不夠完美。

我趴在地板上喘氣，忍不住嘔吐起來，我想將嘴裡所有髒東西都吐掉，說不定這樣也能將不堪的記憶與觸感全部清除。

「妳該說什麼？」她卻還不肯放過我，我勉強抬起頭，看到她走過來，雙手環胸站在我面前，美麗的臉龐勾起冷笑。

身心俱疲的我一時說不出話，只想趕快逃離這一切。

「該說什麼？」她重複，一腳踩上我的後腦，微微使力，讓我的鼻子頂到地面上，「說什麼？」

我咬著下唇，顫抖不已，「對不起……請原諒我。」

「很好。」她似乎很滿意，把腳移了開來，我聽見她往廁所大門走去，於是艱難地坐起身。

「哈哈哈，看她那個樣子！」彭禹惠將手機放到口袋裡，撥弄了幾下及肩的黑髮，看著我的表情無比輕蔑。

「我要是她啊，早就自殺了！」方怡涵扭過頭，露出可愛的笑容。

「妳們忘了？她連自殺都辦不到啊。」藍映潔洗了手，並將手上殘留的水滴甩到我身上。

「對耶！哈哈哈哈哈哈！」三人齊聲大笑。

「沒用，多餘，這個世界根本不需要妳。」正好打開廁所門鎖的她轉過頭，那風情萬種的模樣，實在美得令人屏息。

美得就像來自地獄。

封在一天之內二度來到保健室，而且又是昏迷著被抬進來。

「她看起來只是太過虛弱，看要不要請個假去醫院打點滴，或是在家好好休息也可以，不過暫時先讓她在這裡躺一下吧。」張阿姨說，身材嬌小的她和任凱說話還必須抬頭才能對上目光。

「張阿姨，她眞的沒事嗎？」喬子宥皺著眉頭，焦急全寫在臉上。

「沒事，你們快回去上課吧。」張阿姨擺擺手，順便打量了一下任凱，顯得有些提防，畢竟前陣子她才抓到任凱與封在床上抱得緊緊的。

「至少讓她留下來吧。」任凱知道張阿姨在意的是什麼，於是聳聳肩。

當時完全是一場誤會，本來封差點被方雅君傷害，是任凱及時救了她。不過這件事情張阿姨並不知道，她還以爲封是裝病來到保健室和任凱約會。

但畢竟封心中對保健室留有陰影，如果醒來後只有自己一個人，她肯定會相當害怕，所以任凱才提議讓喬子宥在此陪她。

「嗯，我留下來陪她吧。學長，麻煩你跟我們班導說一聲，順便也和下堂課的英文老師講一下。」因爲有求於人，喬子宥態度還算和善。

任凱點點頭，他看了看躺在床上、臉色發白的封，總覺得有些不安。

張阿姨將棉被往上拉，輕柔地蓋到封的肩膀處，接著卻忽然一愣，撥開了封頸邊的髮絲。

「這是怎麼回事?」張阿姨轉過頭，表情隱隱帶著怒氣，「能跟我說明嗎?」

任凱和喬子宥一臉疑惑，於是張阿姨將封的頭髮再撥開一些，側身讓出空間給他們看清楚，「她的脖子上有手印。」

任凱猛地瞪大眼睛，馬上一個箭步來到封的床邊，仔細端詳那青紫色的手印。手印並不大，十之八九是鬼學姊留下的。

可惡，都附身了還想怎樣?在脖子上留下手印是想宣示什麼嗎?

難道如果不查出是誰讓她自殺，她就會帶走封?

任凱不禁憤慨起來，喬子宥則是臉色發白。「這都是我的錯!」

「什麼?妳霸凌她嗎?妳知不知道這樣會出人命?」張阿姨氣急敗壞，惡狠狠地瞪著喬子宥，嬌小的身軀護在封的病床前，「我要找盧教官過來!」

「張阿姨，妳誤會了!」喬子宥想解釋，但霸凌似乎是張阿姨的地雷，此刻她已經完全聽不進辯解。

任凱只顧著盯著那個手印，猜想著種種不妙的可能性，他的手下意識往封的脖子伸去，在碰觸到的瞬間，封像是觸電一樣忽然驚醒。

她倒抽一口氣，驚恐地瞪大雙眼在天花板上來回搜索，最後視線落到任凱的臉上，「學長……」然後她流下了眼淚。

任凱皺著眉頭，握住了封的手。

「封！妳醒了！」喬子宥發現封清醒過來，立刻越過張阿姨來到床邊，「妳還好吧？有哪裡痛嗎？脖子有沒有不舒服？」

「脖子？」封一臉狐疑，反射性摸向自己的脖子，離奇的事情卻發生了。一陣十分微弱的風輕柔拂過，手印居然在她觸及的瞬間消失。

「怎麼……」喬子宥驚呼出聲。

「什麼？」封歪頭，手掌從脖子上移開，那裡如往常一樣白皙。

「妳沒事了嗎？會頭暈還是怎樣嗎？」任凱沉著臉。

「沒事了……」封坐起身，不明白是什麼事讓任凱的臉色這麼陰沉。

「封葉同學，妳眞的沒事嗎？有事情就說出來，阿姨在這裡，妳不要怕。」張阿姨從任凱和喬子宥中間擠過去，站在封的面前拍著胸脯保證。

封完全搞不清楚是怎麼回事，只能微微一笑，看了任凱一眼。

「別在意他們，直接跟我說。」張阿姨擋到任凱面前，想阻止他們的眼神交會，但是一點用也沒有，因爲張阿姨的身高只到任凱的胸前。

「張阿姨，我就說妳誤會了，我們並沒有欺負封。」喬子宥有些不悅。

張阿姨似乎還是不相信，直勾勾地看著封，在一頭霧水的情況下，封還是點頭同意喬子宥的話。

「張阿姨，怎麼會有人欺負我呢？應該說，誰會做這麼過分的事情？」封天眞的問題讓其餘三人都在心底嘆了口氣。

無論是在怎樣文明的時代，霸凌事件都不可能絕跡。

「可是妳的脖子……咦？」張阿姨突然瞪圓眼睛，她也發現手印消失了。

「脖子？」封疑惑地歪頭，再度看向任凱。

「張阿姨，沒事的話，我們就先離開了。」任凱說著，拽過封的手，粗魯地將她從床上拉下來。

「哎喲！學長！」封叫了一聲，她被硬扯著往保健室外走，手因此隱隱作痛。

「你不會輕一點嗎？」喬子宥不滿地質問，追著他們出去。

「封葉同學，妳眞的沒事？」張阿姨在後面高喊，語氣仍有點擔心。

封轉過頭，露出一個笑容，「當然。」

三個人走到C樓梯旁邊，一陣風迎面吹來，帶走他們身上的冷汗。封才稍稍回過神，喬子宥就馬上又問：「妳還好嗎？」

「爲什麼我一醒來，你們就一直在問我有沒有事？」

「妳一點印象也沒有？」喬子宥咬著下唇。

封搖搖頭，她只記得，之前她和喬子宥準備回教室上課前，她回頭望了保健室的花圃一眼，接著來到一樓時，她下意識往頂樓看去，發現女兒牆邊站著一個女孩。下一秒，對方突然跳下來，臉幾乎要貼到她的面前，然後她就完全沒記憶了。

可是現在喬子宥在場，封也不好說出見到鬼的事情，因爲上次任凱才叮囑過她，不可以告訴別人自己看見什麼。

所以封對著任凱眨了眨眼睛，想暗示他，但任凱只是聳聳肩。封並不知道，其實任凱是想表達：「說出來也沒差，反正喬子宥剛剛都看見了。」

「我眞的沒有記憶，很奇怪。」所以，最後封這麼回答。

「很奇怪的是妳。」根本招鬼體質。任凱在心裡補上這一句，沒好氣的壓了壓封的頭。

「才不是！」封不服地反駁，甩開他的手。

這時，任凱往頂樓看去，鬼學姊已經不在那裡，而後他又看向封的脖子。

「怎麼了？」封反射性掩住自己的胸口。

「封，妳剛剛……」

「你們快回教室吧。」任凱插口，阻止喬子宥繼續說下去。

「……走吧。」雖然並不是很想聽從任凱的話，但喬子宥還是不再多說，拉著封的手往教室走去。

任凱看著兩個學妹的身影消失在轉角，深吸一口氣，又轉身看了頂樓一眼。鬼學姊就如同蒸發了一般，微風輕拂過女兒牆，帶走了上頭的塵埃。

「那接下來這一題，就由……23號來回答吧。」

「咦，是我？」封頓時一驚。

「是封葉啊，快點上來回答吧。」接替凌然的新任英文老師露出迷人的微笑。

封欲哭無淚，對於英文，她一向秉持著君子之交的原則，也就是淡如水。二十六個字母分開來看都認得，但湊在一起就是初次見面請多指教了。

喬子宥太明白英文對封來說是如何陌生，所以偷偷地將自己寫了解答的英文課本放到封的桌上。封感激地一笑，拿著她的課本走到講臺上寫下答案。

新老師把喬子宥的舉動都看在眼裡，但她只是搖頭輕笑，並沒有戳破。

這位老師叫做孫娜，她高中畢業後便至國外求學，回來後考上教師執照，於是來到聖光高中。

「老師，我寫完了！」封放下粉筆，蹦蹦跳跳地回到位子上。

孫娜拿起紅色粉筆，在答案下方輕輕打上一個勾，「下次要自己寫喔。」

全班哄堂大笑，封則吐吐舌頭，對喬子宥比了個YA。

喬子宥扯扯嘴角，腦中想的卻全是封的脖頸上那離奇消失的手印。

印象中，封受傷之後似乎總是復原得特別快。她記得有次封被講義的紙張邊緣割到手指頭，滲出了小小的血珠，原本是打算下課時去保健室擦個藥，可是等到下課的時候，手指上的傷卻完全好了，一點痕跡也沒有留下。

「我從小就是這樣呀，小傷很快就會好，可見我身體有多健康。」封那時候傻笑著說。

當初喬子宥並沒有將這件事情放在心上，被紙張割到的確算是小傷。而封後來也曾受過一些小傷，情況同樣是如此，沒多久就迅速癒合。

剛剛的手印像是瘀青，照理說不可能那麼快就消失，卻眨眼間就不見了。如果只有她看到，還可以說是錯覺，但任凱及張阿姨也瞧見了。

她看任凱似乎並不特別驚訝，於是聯想到了林沛亞的事。

封、任凱以及阿谷和那起事件一定有所牽扯，也許是警方封鎖了消息，並且下達封口令。

那時她和李佳惠到醫院去探望毫髮無傷卻莫名昏睡好幾天的封時，也見到了身上包了一堆繃帶，坐在輪椅上的任凱。

喬子宥瞥向正看著講臺放空的封，心中不明白爲什麼他們要隱瞞事實。

難道也跟這次一樣，是發生了什麼不可思議的事情？說不定其實封也受傷了，只是又以快到不可思議的速度治癒了？

若眞是這樣，那封是無意識地這麼做，還是有意識的？

下課後，喬子宥決定去找任凱討論這件事，她原本想叫李佳惠看住封，別讓她亂跑，轉頭卻發現封早已不見人影。

「封去哪裡了？」她問李佳惠。

「不知道，廁所吧？」李佳惠聳肩。「妳要去哪？」

喬子宥沒有解釋便轉身往A樓梯跑去，絲毫不理會李佳惠在後面追問的聲音，她知道封一定是去找任凱了。

才剛剛爬到二樓樓梯，喬子宥就看見封和任凱站在前方的走廊邊，她連忙側身躲到一旁偷聽他們說話。

「是鬼啊，學長，我看見了。」封咬著下唇，對於自己再次看見鬼這件事感到難以置信。

「我知道，就是頂樓那個反覆跳樓的學姊。就說妳有招鬼體質吧。」任凱聳聳肩。

「都說了我十幾年來從沒遇到過，是認識學長以後才開始的！」封指著任凱。

「少來！是誰先惹上方雅君的？」雖然嘴上這麼反駁，但任凱心中卻湧現一股不安，那是源自於許久以前的記憶。

「凱，你是不祥之物。」

「他」曾帶著溫和的笑容，柔聲說出如此殘忍的話語。

任凱的腦袋一陣暈眩，他一隻手扶住走廊的矮牆，另一隻手按在又猛然刺痛起來的眼窩上。

他的腦海中掠過很多以爲早已遺忘的片段——滿手鮮血的自己，與滿臉鮮血的「他」。那是誰的血？躺著的人又是誰？任凱早已分不清楚。

「學長？你怎麼了？」封皺著眉頭，伸手在任凱眼前晃了幾下，她發現任凱的臉色忽然變得很差。

眼窩的劇痛讓任凱感到十分不舒服，他努力深吸口氣，穩住身子後再緩緩吐氣，背靠著矮牆，慢慢睜開眼睛。

「還好。」他揉揉眉心。

「還好？可是你的嘴唇都發白了，不會是中暑吧？」

任凱不禁想翻白眼，但是看著封一臉擔心的模樣，最後還是沒有說什麼。

「反正我沒……」話還沒說完，任凱發現自己扶著矮牆的手旁邊，出現了另外一隻血紅的手。那隻手的方向和他相反，也就是攀附在矮牆外。

還來不及閃躲，血手的主人已經從矮牆外探出頭，露出猙獰的笑容。

「你們已經答應我了。」鬼學姊陰惻惻地說。

任凱瞪大眼睛，往後退了一大步，封見狀疑惑地回過頭，卻什麼也沒看見，可是鬼學姊已經貼到她的臉頰邊。

「學長？」封疑惑地喚了一聲。

「離她遠一點！」任凱立刻將封往自己懷裡拉，「我可沒答應！」

「什麼？」忽然被任凱拉進懷中，讓封的臉紅了起來，周遭的女學生們都倒抽一口氣，用強烈的怨恨眼神死盯著她，封竟莫名有點虛榮起來。

可是，這是那群學姊不了解任凱才會感到嫉妒，封很明白，此刻一定有很可怕的東西在走廊牆邊，任凱才會主動碰觸她，因此她的背部起了一片雞皮疙瘩。

鬼學姊聽了任凱的話後，勾起冷笑，指向躲在樓梯邊的喬子宥，「她答應了。」

任凱往樓梯那邊看去，立刻發現鬼鬼祟祟的喬子宥。

「她什麼都不知道，那不算！」

「不算？說出的話可以不算嗎？」鬼學姊從矮牆外面爬到走廊上，任凱立刻將封摟得更緊，這個舉動在那些看不見鬼學姊的人眼裡會造成多大的誤會，當然是可想而知。

「喂！你放開封！」喬子宥衝到兩人面前，看不見鬼魂的她，並不知道自己正巧就擋在鬼學姊面前。

「她答應我了！」鬼學姊尖叫著，猛地伸手抓向喬子宥的脖子。

「放開她！」任凱連忙大喊，走廊上其他學生因此發覺情況不太對勁，議論紛紛起來。

「什麼放開……啊！」封會意過來，驚覺那個東西現在一定抓著喬子宥。

她連忙轉過頭，這一次她看見了。喬子宥的脖子上有雙血肉模糊的手，順著手腕往上看去，封見到根根青色血管從那雙手的肌膚下透出，接著映入眼簾的是一頭亂髮，以及充血外凸的雙眼。

「啊！」封驚叫出聲，渾身顫抖。

「妳看到了？」任凱訝異地問。

「放開她！放開她！」封沒有回答，只是指著喬子宥尖叫。

「放開什……嗚！」喬子宥忽然感到呼吸困難，她的脖子好像被什麼東西勒著，但伸手去碰卻什麼也沒有。

「子宥！」封看見鬼學姊緊緊掐著喬子宥的脖子，臉上露出笑容。她想過去，卻被任凱死死抓住。

「她答應我了！你們要反悔可以，那我就帶走其中一個人！」鬼學姊怒喊，倏地鬆開手，飛快朝封襲去，「我第一個就先帶走妳——」

「哇！」封大聲尖叫，任凱急忙把她拽到一旁，鬼學姊一頭撞上一間教室的窗戶，玻璃應聲碎裂。

「哇！玻璃怎麼破了？」附近圍觀的學生喊著。

「封……」喬子宥虛弱地跪在地上，一手撫著自己的脖子，不用說她也能猜到剛剛那是什麼了。雖然她看不見，但還是可以從破碎的窗戶位置和任凱的視線方向判斷出鬼學姊所在的位置。

喬子宥幾乎能確定任凱看見得那東西，而隱隱約約之中，她似乎也看見空氣出現了一絲絲扭曲，而且還有個模糊的身影。

「答應的事情不能反悔！」鬼學姊厲聲尖叫，張牙舞爪地再度衝過來，任凱趕緊擋在封的面前，但鬼學姊手一揮，任凱瞬間被掃往一邊，撞上走廊的矮牆。

「啊！怎麼回事？」走廊上的學生們看見任凱忽然往旁邊飛去，都驚慌了起來，四周明明什麼也沒有，他卻像是被人狠狠打飛一樣。

「任凱，你還好嗎？」離最近的幾個學生連忙跑過去，想攙扶任凱。

「離遠一點！」任凱大喊，忍痛撐起身體。

「學長！」臉色慘白的封也跑向任凱，卻因此讓自己背對著鬼學姊，鬼學姊趁機俯衝而來，張開血盆大口咬向她的頭。

來不及拉開封的任凱只能大吼：「封！快蹲下！」

「呀！」封驚慌照做，忽然間，一陣狂風襲來。

「呀呀呀呀呀——」彷彿被火紋身般，鬼學姊淒厲地慘叫，身上開始冒煙。那陣狂風只在她的身周肆虐，而看不見鬼學姊的喬子宥和其他人，都只見到一陣宛如龍捲風的怪風在走廊上盤旋。

「答應的事情，一定要做到——」鬼學姊尖叫，然後忽然消失。

那陣怪風也倏然停止，消散無蹤。

走廊上鴉雀無聲，所有人都默默看著地上的封和任凱。這時，一陣腳步聲迅速而來，還伴隨著抱怨聲。

「盧老頭，你是吃飽太閒，一天到晚觀察我要去哪是不是啦！放手！」阿谷的聲音傳來。

盧教官正氣凜然地從樓梯走上來，一隻手揪著阿谷的耳朵，而阿谷看起來則是狼狽無比。

「這邊是怎麼了？」盧教官皺眉看著一片狼藉的走廊。「玻璃誰弄破的？」

他目光掃向坐在一旁的任凱，接著看了眼蹲在任凱面前的封。他知道這個一年級的女孩最近常跟任凱和阿谷混在一起，而現在這個小團體居然又多了體育健將喬子宥。

「教官，不是任凱的問題。」忽然，旁邊的一個學生開口幫任凱說話。

「對！很奇怪，是一陣大風把玻璃弄破的！」另一個女學生接話。

「然後任凱就突然被甩到一邊，明明什麼也沒有！」不遠處的一個男同學跟著說，信誓旦旦。

「好像有鬼一樣!對，任凱一定是被鬼甩出去的!」說出這番話的女同學臉色發白。

學生們你一言我一語，讓盧教官根本有聽沒有懂。他拿起哨子吹了兩下，所有學生瞬間閉上嘴巴。

「什麼鬼不鬼的，與其把這種東西掛在嘴上，還不如好好念書!現在，全部給我回教室裡去!」盧教官大發雷霆，所有人紛紛衝回自己的教室，誰也不想惹上麻煩。

走廊上瞬間只剩下任凱、封、喬子宥，還有依舊被教官揪住耳朵的阿谷。

「老頭……可以放開我的耳朵了嗎?」阿谷率先打破沉默，拍拍盧教官的手。

「你給我立正站好，不准移動半步!」盧教官發號施令。

「又不是在當兵……」阿谷低聲抱怨，背抵著牆看向任凱和封，只是稍微思考一下就知道大概發生了什麼事情。

天啊，這兩個人就不能一天不惹上麻煩嗎?

阿谷無力地想，他完全不想知道詳細狀況，只希望能快點找到機會偷溜出去，好去廟裡拿個平安符。

「怎麼回事?」盧教官往前站了一步，皺著眉詢問。

喬子宥先看了任凱一眼，才轉過頭直視盧教官的眼睛，「有鬼。」

阿谷連忙摀起耳朵，而任凱一臉不敢置信。他沒想到喬子宥會直接說出事實，簡直跟封一樣，完全不懂得找個合理點的說詞。

反應最大的莫過於盧教官，他的五官整個糾結起來，雙手握拳。

「別亂說一些有的沒……」

「教官，我說的是眞的，您如果想聽眞話就是這樣，要是您想聽假話，我們可以給您另一套說詞。」喬子宥毫不畏懼，反倒將盧教官堵得說不出話。

任凱挑了挑眉，頓時一改先前的看法。他扶起封，在她耳邊低聲說：「妳朋友比妳聰明多了。」

封鼓起雙頰。對，她就是笨啦！

「封，妳沒事吧？」喬子宥問。

「嗯。」她應了聲，看向任凱，欲言又止。

任凱神色深沉，他知道封沒說出口的是什麼。他已經能確定那陣怪風肯定和封有關聯，對於封身上的祕密，他越來越感到好奇了。

「盧教官，我們在走廊上玩，一個不小心撞破了玻璃，會負責賠償的。不過封葉受到驚嚇了，能准許我們先帶她去保健室嗎？」任凱裝出誠懇的模樣。

盧教官的目光在三人臉上來回打量，他看得出來任凱說的話明顯是假的，相較之下，喬子宥的解釋還比較眞實。可是若相信喬子宥的話，不就代表他同意這是一起靈異事件？

「教官……」封開口了，「你不怕嗎？」

「混蛋！革命軍人怕什麼鬼！」盧教官氣得臉紅脖子粗，「玻璃的賠償費用我會去跟你們導師談，谷宇非，把碎玻璃掃乾淨後回去上課！」

「什麼啊！又不關我的事！」阿谷哀號。

「快做！」盧教官說完便往樓下走去，還一路碎碎念。

四人默默站在走廊上，教室裡的學生們都在竊竊私語，透過窗戶看著他們。

任凱瞥了阿谷一眼，阿谷隨即反應。

「別想！我不想管這件事。」他知道任凱想說什麼，不外乎駭入學校資料庫之類。

「不然我跟你形容一下她的外表？」任凱聳聳肩，他太明白阿谷的弱點。

「靠！閉嘴！」阿谷大罵，一邊用眼神示意隔牆有耳，教室頭的學生們都在注意他們正說些什麼。

「學長，找阿谷沒有用啦。」封卻忽然扯了扯任凱的衣服。

「小瘋子，妳什麼意思啊！」阿谷有些不爽，他要不要幫忙是一回事，被講沒用又是另一回事了。

封無辜地眨著眼睛，「因爲、因爲……那個學姊又不是我們學校的。」

那時我拿著刀片，心想，這次一定要成功。

刀片劃過肌膚的感覺真的好痛，卻遠遠比不上我的心痛。

我掉著眼淚，再一次為自己的懦弱感到可悲。

我不是沒想過找人求助，但是當我看見每個同學的冷漠眼神後，就明白根本沒有人會幫助我。

她在全班的人面前拉著我的頭髮，從教室一路將我拖去廁所，而彭禹惠她們幾個嘻嘻哈哈的跟在後頭，時不時還會踢我幾下。

這中間有多少人看見？

第四章

太多人看見了，卻沒半個人向我伸出援手。

大家不是摸摸鼻子假裝沒看到，就是掛著嘲諷的笑容等著看好戲。

我不相信老師，因為老師都怕麻煩，老師只會站在好學生那邊。

我也不想告訴爸媽，他們自己的離婚官司都打不完了，哪有空理我。

而且如果他們在乎我，那一定會注意到我襯衫上的鞋印，一定會發現我老是狼狽地回到家，一定會看到我手上纏著繃帶。

可是沒有。

因此我明白，除了我自己，誰也幫不了我。

在這個世界上，人都是孤獨的。

「妳覺得，如果有天妳死了，會有人記得妳嗎？」藍映潔坐在我的屁股上，戲謔地問。

「我想，我會想念妳的，畢竟妳帶給了我很多樂趣。」彭禹惠蹲在我的前面，正在調整架在地上的手機角度。

「嗯……如果可以的話，我還是希望妳別討厭我們。」方怡涵站在一旁，雙手交握，似乎有點不安。

「因為千錯萬錯，都是被欺負的人的錯。」她則是站在洗手臺前對著鏡子化妝，唇上擦的口紅是現在最流行的顏色。

「是啊。」另外三個人附和。

「世界上所有人本來就分成被欺負的人、欺負人的人，以及漠不關心的人。被欺負的人都有一種特質，所以那是妳自己不對，誰叫妳有這樣的特質？」她塗上睫毛膏，小心仔細地刷開每根睫毛。

「沒錯！」另外三個人又同聲說。

「如果……」我忍不住開口。

「什麼？她說話了嗎？」彭禹惠瞪圓眼睛，勾起嘴角。

「妳想說什麼？」方怡涵靠了過來，小心翼翼蹲在我的旁邊。

「如果有一天……我真的死了，妳們會後悔嗎？」這幾個字從在心中醞釀到真正吐出口，花了我好長一段時間。

她們四人靜默了一陣，讓我的內心忽然浮現一絲希望。

是啊，再怎麼樣，人都不會希望害死另一個人的吧？

「我覺得啊，這種問題實在太假設性了。」她化完妝，慢條斯理地將睫毛膏放回化妝包裡。

「是啊，我們不回答這種假設性的問題。」藍映潔站起來，將趴在地上的我翻過來，又再度坐下。

「OK，我設定好了！」彭禹惠拍手，她已經將手機安置好，做了個擦汗的動作。

「終於。」方怡涵抿抿嘴，有點不以為然。

「不然妳來弄啊。」彭禹惠不滿地噘嘴。

「別吵了，再不快點就要上課了。」藍映潔雙手放到我的胸前，壓了兩下，「看不出來妳還挺有料的啊。」

我瞪大眼睛，忽然會意過來她要幹什麼。

「不要——」我還沒有完全叫出來，嘴巴立刻被方怡涵用抹布塞住。

「快！妳抓那一邊！」彭禹惠抓著我的右手，並指揮方怡涵扣住我的左手。

「放心啦，我們會拍得很漂亮。」彭禹惠揚起笑容，瞬間撕開我的制服上衣。

我無聲地尖叫，眼淚奪眶而出。

「她哭了耶！哈！」她看似十分滿意，走到我身邊，藍映潔自動讓出位置，換成彭禹惠坐到我身上。

然後她們像是排演過好幾百遍一樣，熟練地將我身上的衣物脫得只剩鞋襪，將我的臉轉向鏡頭。

「笑一個啊。」她在我耳邊笑著。

我的全身每一處都被手機鏡頭拍得清清楚楚，但我卻有種已經無所謂的感覺，甚至產生出……至少沒被強暴的消極想法。

我像個人偶一樣沒有絲毫反應，她們自顧自玩得很開心，最後上課鐘響起，她們才起身收拾，順便將我的制服丟到馬桶裡。

「雖然沒有意義，但我還是回答一下妳的假設性問題。」她轉過身看著我笑。

「就算妳死了，我也一點都不會有感覺，頂多就是覺得——啊啊，少了一個玩具。」

我瞪大眼睛，只換來她們更加狂妄的大笑。

「上香的時候我們還是會配合掉幾滴眼淚啦。」彭禹惠說。

「對不起，我們不應該這樣對妳。」藍映潔吸著鼻子，雙手摀臉，肩膀顫抖著，卻忽然笑出聲，「哈哈哈，這樣可以嗎？」

「妳演技很好耶，我真的被嚇了一跳！」方怡涵皺著眉頭打了藍映潔一下。

「總之，就算妳現在就從這邊的窗户跳下去，我們也不會抬一下眉毛。」她聳聳肩，一臉不在乎。

我裸身躺在廁所的地板上，路過的學生沒有一個進來幫忙，裝作沒看到走過去也就罷了，居然還有人拿起手機拍照。

所以，我下定決心要逃離這一切，而唯一的方法就是自殺。

我決定自殺。

輕音樂從音響中流瀉而出，緩緩在室內迴盪，配合磨豆機的聲響，以及零星的敲打鍵盤聲，讓這裡總是有種令人安心的氛圍。

一陣濃郁的蛋糕香氣慢慢接近，臉上掛著親切微笑的服務生小虎走了過來。他有顆小虎牙，看起來雖然人畜無害，卻又有些深不可測。

「伯爵奶茶跟蛋沙拉、黑森林蛋糕、重起司慕絲、奶油泡芙、特大聖代，以及兩杯大杯冰紅茶跟黑咖啡。餐點全都到齊嘍。」身穿白襯衫及黑長褲的小虎，準確地將每份餐點放到點餐人的面前。

「小虎，你好厲害喔！居然知道每個人分別點了什麼，明明我們是統一由一個人負責點餐。」封讚嘆著，迫不及待地先喝了口奶茶。

「那個紅髮只喝紅茶，而蛋糕一定是妳和任凱點的，我想弄錯也難。」小虎又露出親切的笑容，封覺得他真的十分可愛。

旁邊的任凱一面吃著蛋糕，一面暗暗打量著小虎。

他們是在前陣子的琉璃事件中認識的，他總覺得小虎有種很神祕的感覺，雖然可以確定並不是壞人，但就是感覺不像外表那麼單純。

「可是子宥之前沒來過啊，你怎麼知道她是點咖啡？」封天真地問，其他人都忍不住翻了個白眼。

「小瘋子，妳不只瘋，還很蠢。」阿谷喝了一口紅茶。

「哪有！」封側頭看向一旁的喬子宥，以爲她會幫自己說話，但喬子宥也只是默默輕啜咖啡。

「可愛的封葉，既然你們都喜歡點差不多的食物，那麼剩下一樣顯然不是你們點的餐點，不就是沒來過的人點的了嗎？」小虎好笑的看著封，又轉頭看喬子宥，「妳好，我叫小虎。」

喬子宥瞥了他一眼，她對男性一向沒什麼好感，所以只是敷衍地扯扯嘴角，也不打算自我介紹。

面對如此無禮的態度，小虎也不在意，只是笑著請眾人慢用後，便轉身回到櫃檯裡面。

「所以，我們聚在這邊要做什麼？」再次喝了口咖啡後，喬子宥開口。

「這裡的蛋沙拉很好吃喔。」封沒有回答，只是把沙拉盤推到喬子宥面前，她也不知道爲什麼要來這裡。

剛才放學的時候，封和往常一樣，與喬子宥、李佳惠一同走到校門口，卻發現任凱和阿谷站在那裡。封原本打算無視他們，畢竟下午在走廊上發生的事情已經傳開了。

主因當然是由於靈異事件，不過也是由於任凱當時緊緊摟著封。

封覺得，如果當時離任凱最近的人是喬子宥，她相信任凱也會摟住喬子宥，因爲任凱雖然嘴巴很壞，可是他一定會保護身邊的人。想到這裡，封突然發現，雖然任凱被女生碰觸會臉紅，但如果是由他主動的話，似乎就沒關係……

礙於其他人都不知道事情的眞相，封擔心流言會越傳越廣，才下意識地選擇不理會任凱他們。

沒想到阿谷卻大吼了聲：「小瘋子！看見學長不會打招呼啊！」

這一聲讓校門口附近的所有學生都嚇到了，他們並不知道阿谷口中的小瘋子是指誰，不過至少看得出來阿谷是在對封說話，所以眾人的目光焦點又再次落到封的身上。

任凱大概是玩上癮了，瞧見封緊張地東張西望的樣子，就興起惡作劇的念頭。他故意朝封走去，帶著溫柔的神情與笑容，緩緩靠近她的耳邊說：「表情好醜的花栗鼠，帶著妳的朋友跟我們來。」

封哭喪著臉，轉頭看喬子宥，「學長要找我們。」

喬子宥老大不高興，爲什麼任凱一句話她就得去？不過她明白就算自己不去，封也會乖乖跟著去，加上她實在太在意下午的事了，因此還是轉頭要李佳惠自己先走。

「妳什麼時候也和學長他們那麼好了？我也要跟！」從阿谷叫住封的那一刻開始，李佳惠的嘴巴就一直張得大大的。明明和學校裡最受歡迎的兩個學長離得這麼近，她卻好像完全打不進封和他們組成的小圈圈。

「反正妳先走就是了。」喬子宥不理會李佳惠的要求，轉過身便拉著封往任凱那裡走去。

於是，一行四人在眾目睽睽之下離開校門，來到這間咖啡廳。

「下午的事情很明顯……」

「哇靠，閉嘴！」任凱還沒講完，阿谷就馬上打斷。

「你幹麼啊？」喬子宥皺眉。

「我一點也不想知道啊！」阿谷的臉皺成一團。

「那你來幹麼？」喬子宥沒好氣的說。

「奇怪了，妳都來了，我爲什麼不能來？」阿谷看著完全是生面孔的她，有點不高興。

「唉唷，別吵了啦，快點吃吃看蛋沙拉……」封趕緊打圓場。

「小瘋子，妳閉嘴。」阿谷絲毫不領情，封可憐兮兮的嘟著嘴巴，只好又喝起伯爵奶茶。

喬子宥怒視阿谷，想說些什麼，但正巧吃完黑森林蛋糕的任凱坐正身子開口。

「我想先問個問題，關於那個鬼學姊，你們誰看見了？」

「靠！我沒看見！也不想看見！」阿谷整個人往椅背靠去。

「我有看見！」封爲了搶著講這句話，差點被伯爵奶茶嗆到。

喬子宥連忙抽了一張衛生紙遞給封，而後瞥了任凱一眼，「看不太清楚，很模糊。」

聞言，任凱緊蹙著眉頭。三個人都看見了，這絕非好事。

「所以她現在是纏上我們了？」由於這件事太過不可思議，喬子宥完全無法想像之後會怎樣發展。

「誰叫妳要答應。」任凱白了她一眼。

「答應什麼？」還不知情的封問。

任凱先是和喬子宥對看一眼，才開始敘述來龍去脈。從封被附身、喬子宥答應對方查出兇手，一直說到他們在走廊上因爲反悔而遭到鬼學姊的攻擊。

阿谷雖然摀著耳朵，但一些零星的關鍵字還是不可避免地飄進他的耳中，例如什麼自殺啦、跳樓啦、鬼學姊啦，還有一些形容長相的詞語，眼球突出或者滿臉是血之類的。

「我要回去了。」阿谷當機立斷，背上書包站起身。

「最好不要。」任凱喝了口紅茶，淡淡地說。

阿谷瞪圓眼睛，回頭看著他，「爲什麼？」

任凱瞥了落地窗外一眼，「有……」

「靠杯啊，別說！」他嚇得全身起了雞皮疙瘩，立刻坐回沙發上。

封戰戰兢兢地將視線轉向落地窗處，外面天色已黑，而咖啡廳內燈光十分明亮，因爲反光的關係，她無法將外頭的街道看得很清楚，也無法確定是不是有什麼東西在那裡。

「意思是說，現在她把我當成和你們一夥的了？」阿谷打死也不往窗外看，滿臉驚恐。

鬼學姊確實就站在落地窗外，她全身傷痕累累，頭髮蓋住了一半的臉龐，充血的雙眼瞪得大大的，雙手貼在玻璃上，猛盯著封一行人。

「在外面？」喬子宥倒抽一口氣。

「對，從我們要出校門時就跟著，一直跟到這裡。」任凱又吃了口蛋糕，「所以，阿谷，你最好別自己先走。」

阿谷忍不住罵了句髒話。

「她爲什麼不進來？」喬子宥發現落地窗那裡的空氣隱約有些扭曲。

「因爲沒人跟她說請進？」

封的話再度招來眾人的白眼，她連忙解釋，「不是啊，像吸血鬼如果想進到別人家，不是都要屋主說了請進才有辦法進去嗎？」電視劇都是這樣演的，所以封猜想說不定是類似的情況。

「小瘋子，第一，這裡是台灣。第二，外面那個是鬼，不是吸血鬼。」阿谷手肘撐在桌上，滿臉無奈，瞬間覺得恐怖的氣氛都消失無蹤了。

「喔……那她爲什麼不進來？」封反問。

任凱只是看向站在櫃檯後的小虎。

掛著溫和笑容的小虎，目光不時地飄往鬼學姊所在的地方，帶著笑意的眼神裡似乎包含著威脅的意味。

彷彿在說，這裡是他的地盤，不可侵犯。

任凱知道，鬼學姊懼怕著這間咖啡廳，又或者說，懼怕著小虎。因爲畏懼，所以她不敢踏進，只能在外頭虎視眈眈。

這就是這間咖啡廳會如此「乾淨」的原因。

小虎忽然轉過頭與任凱對上眼，露出一個人畜無害的笑容，隨即垂下眼簾凝視著虹吸式咖啡機的底座。當水開始微微冒泡時，他便將上方的玻璃容器插入，待底座的水逆流而上後，才把火關小。

「先不管鬼學姊了，我在意的是，花栗鼠，妳那時候爲什麼會說那句話？」任凱將視線移回封的臉上。

「什摸？」封不明白任凱指的是哪句話，嘴裡塞滿生菜的她口齒不清地反問。

「妳說鬼學姊不是我們學校的學生？」

「喔，對啊，你們不是都看到了？」封吞下生菜，聳聳肩，伸長了手想偷挖任凱的起司蛋糕。

「她是穿我們學校的制服沒錯啊。」任凱將盤子往旁邊移，順道把最後一口蛋糕送入自己口中。

「小氣！」封抱怨了一聲，只好一口吃掉自己的奶油泡芙，「她不是穿我們學校的制服。」

「一樣都是蘇格蘭裙不是？」喬子宥也注意過對方的穿著。

「不是。」封搖搖頭，從書包裡拿出筆記本和彩虹筆，「我們學校冬天的女生制服是深紅色的蘇格蘭裙，配上繫在領口的紅色緞帶以及白色背心，那個學姊穿的衣服雖然跟我們很像，但還是有點差別。」

她一邊說，一邊在筆記本上畫下聖光高中的制服，然後又在旁邊畫上另一件看起來幾乎一模一樣的制服。

「這樣懂了嗎？」封看著眾人。

「小瘋子，妳畫得是很好，但我完全看不出來差別。」阿谷聳聳肩，覺得就只是兩件一模一樣的制服。

「笨蛋阿谷，差別在這邊。」封趁機用彩虹筆敲了阿谷的腦袋，然後指著圖畫，「我們的制服上衣是圓領襯衫，裙子的格子圖案比較狹長，而鬼學姊的上衣是

V字領，看起來很像但並不一樣，百褶裙上的格子也比較寬。」

任凱一面聽著封解說，一面朝站在店外的鬼學姊看去，的確，她穿的制服如封所說，和他們學校的款式有一些細微差異。

「封，妳好厲害，連這麼小的差別也能發現，太細心了吧！」喬子宥忍不住讚嘆，封得意地嘿嘿笑了幾聲。

「我之前說過呀，我國中時曾經特別研究過各所高中的制服，就是爲了能穿上最可愛的校服！」

「希望妳把這種心思在更有意義的地方。」任凱沒好氣的說。

「哼，學長，我還知道其他你不知道的事情喔。」

「怎麼可能有什麼事是妳知道但阿凱不知道的？」阿谷不相信。

封故作神祕地笑了笑，「鬼學姊如果不是我們學校的學生，那會是哪間學校的呢？」

「哪一間？」阿谷隨即問。

「你們猜……好痛！」話還沒說完，封就被阿谷用咖啡廳的菜單狠狠打了一下頭。

「學長！」喬子宥護住封，不悅地瞪著阿谷。

「囂張的沒落魄的久，妳快給我講，不要賣關子，我還要趕去廟裡拜拜。」阿谷不耐地催促，他覺得不教訓一下封不行，不過是有個小發現而已，尾巴就翹得老高。

封嘟著嘴巴，難得她派上用場卻受到這等對待。

任凱只是雙手環胸，他就知道在自己出手前，阿谷一定會先忍不住動手。

「好啦，是私立德新高中。」封說。

「德新？那所貴族學校？」阿谷皺眉，「等等，這名字怎麼有點耳熟？」

「對，德新的制服確實和我們學校的很像。但那不是在另一區的學校嗎？」喬子宥記得德新雖然和他們學校在同一個縣市，可是距離很遠，所以彼此的學生很少在路上遇見，而大多數人也都知道，那一區穿蘇格蘭裙的女學生是德新，而這一區則是聖光。

「重點是，鬼還會跨區喔？」這點讓阿谷感到不可思議，如果鬼學姊有冤情，那也該在德新抓人幫忙，大老遠來到他們學校實在太奇怪了。

「應該是被什麼吸引過來的。」任凱看著封。

「我就說我這次沒有亂撿東西了！」封連忙澄清。

「我不是說妳又撿了東西，是指妳的招鬼體質。」任凱補充。

「撿什麼東西？」喬子宥已經不是第一次聽見他們說撿東西這三個字。

任凱和封面面相覷，阿谷則裝作不知情，讓喬子宥覺得更加可疑。

「說啊，我們現在等於在同一條船上不是嗎？」

「可是……」要說出原因就會牽扯到林沛亞，到時候可能連林沛亞的日記內容都必須講出來，封實在不想讓喬子宥知道這件事。

「我來說吧。」任凱明白封的顧慮，但如同喬子宥所說，現在大家在同一條船上，隱瞞只會破壞信任關係。

他以最簡潔的方式說明當初的琉璃事件，輕描淡寫帶過了林沛亞的眞面目，也帶過林沛亞的死狀。當然，也省略了阿谷的駭客技能，以及封受傷後復原速度極快這一點。

不過，關於封的事情，喬子宥心裡其實有底，她明白任凱跳過不說是不想讓封因此想太多，然而這不能說的祕密早已在他們心中扎了根。

只有阿谷什麼都不清楚，而事實上，阿谷也不願意知道得太清楚。

「所以，你們就是因爲那件事情才變得熟悉？」喬子宥問。

封點點頭，「所以才不是佳惠想的那樣，什麼任凱學長喜歡我。」

「什麼叫做我喜歡妳？設定上是妳跟我告白失敗，但還是繼續纏著我好嗎？」事關名譽，任凱馬上糾正。

「什、什麼叫我跟你告白失敗？我哪時候跟你告白了！」封漲紅了臉。

「好啦好啦，妳又不吃虧。」阿谷隨口敷衍，轉頭看向任凱。「阿凱，你不覺得德新高中聽起來很熟悉嗎？」

任凱扯扯嘴角，點了點頭。

「德新很有名啊，他們也是升學率排行前幾名的高中。」封咬著下唇，「不過……他們最著名的其實是自殺率。」

四個人陷入沉默。

這就是爲什麼封在制服相似的聖光和德新之間，選擇了聖光。

「高自殺率聽起來就很可怕……我們學校課業壓力一樣不輕，升學率也很高，卻沒聽過有人自殺。」封頓了頓，「不過有殺人魔老師……」

「不，我覺得德新耳熟不是因爲這個。」阿谷擺擺手，「阿凱，如果我記的沒錯……」

任凱又看了眼外面的鬼學姊，那V字領襯衫與大格子的深紅蘇格蘭裙，他的確親眼見過。

應該說，是每個週末都會看見。

「我姊念德新。」

「眞的假的？」封和喬子宥不禁驚呼。

「學長，你也太誇張了吧，明明看過你姊穿德新的制服，卻沒有和鬼學姊穿的衣服聯想在一起？」封忍不住奚落。

「誰跟妳一樣會注意那些東西。」任凱翻翻白眼。

「那我們可以問問看你姊，有沒有關於鬼學姊的線索。」喬子宥喝了口咖啡。

「德新的自殺率這麼高，恐怕是大海撈針。」任凱說，而眾人都同意。

「但至少有個連結，不然我們在德新也沒認識別的人了。」阿谷聳肩。

「那這禮拜六我們就去找學長的姊姊吧！」封拍了下手，躍躍欲試。

「任馨這禮拜不會回家，她星期六要和朋友去遊樂園。」任凱皺眉，「我們只能到遊樂園去找她了。」

「幹麼這麼麻煩？我們直接約禮拜天去德新找你姊不就好了？」喬子宥也皺眉，明明就有比較省事的做法。

「妳不知道，任凱他姊是那個叫什麼……公主病？不，她那種程度不只是公主，已經是女王了，還是傲嬌的抖S女王！」阿谷激動地說，在場的兩個女生完全聽不懂。

「總之，要找任馨就必須配合她的行程。」任凱很無奈。

最後，他們約好了禮拜六見面的時間，阿谷再三和任凱確認鬼學姊已經不在外頭後，才放心地率先離開。

「子宥，妳先走好了，我有事情要跟小虎說。」封說。

「我在外面等妳吧，我和妳家是同個方向啊。」喬子宥看了眼依舊待在櫃檯內的小虎，走到咖啡廳外。

「小虎。」封走到櫃檯前，喚了聲正在擺放蛋糕的男孩。

「要走了嗎？」小虎白淨的臉龐上掛著溫暖的微笑。

「嗯。對了，謝謝你來醫院看我。」封受到他的感染，也微笑起來，「還有那個白瓷杯子，也謝謝你。」

「別客氣，那本來就是妳的。」

這句話讓封歪了歪頭。不過都已經送給她了，說是她的好像也沒錯。

「那個杯子好特別，使用它喝東西，精神眞的會比較好，而且心情也會舒服很多耶。」

「那是用麒麟的骨頭製成的，其實不是白瓷。妳回去仔細觀察就會發現。」

小虎說的話讓封「嗄」了一聲，「冰淇淋？」

小虎笑了起來，摸摸封的頭。

「總之，感覺虛弱的時候就用它來裝水喝，妳會舒服一些。」話到此處，小虎忽然皺起眉頭。「封，接下來事情只會接連不斷，不會止息。」

「什麼意思？」封聽不明白。

小虎只是又揚起溫暖的微笑，「珍惜現在吧。」

封走出咖啡廳後，不自覺地回頭望了小虎一眼。

小虎站在那裡，溫柔地注視著她。

她又不禁覺得，小虎真是一個神祕的人。

小虎一直注視著封的背影，直到她消失在轉角處後，才收起微笑，冷眼看向另一邊的黑暗。

那裡停著一輛黑頭車，引擎撲撲作響，後座坐著一個女人。她在夜色下依然戴著太陽眼鏡，紅唇豔麗。

小虎心中一凜，立刻走出咖啡廳，但那個女人只是勾起微笑，升起車窗，車子轉瞬消失在黑暗之中。

空氣中只剩下淡淡的彼岸花香氣。

「追蹤者。」小虎瞇眼，漆黑的雙眸忽然變成了淡灰色。

黑頭車隱沒在夜色裡，小虎的雙眼卻準確地鎖定其位置，他知道車裡那名女子所屬的組織正追蹤著封。

這時，手機鈴聲響起，小虎閉上眼睛，再次張開時，瞳孔已經恢復成黑色。

「喂？」

「鬼女的情報，妖怪開始騷動了。」電話另一頭傳來男人低沉的聲音。

「這情報一點用處也沒有。」小虎失笑，「轉告阿零，彼岸花派系出動了。」

「您見到他們了？」對方的語氣變得謹慎。

「剛從我眼皮底下溜走。還有，有不好的東西纏上兩極跟瘟。」

「我會回報。」

「獅爺。」在對方掛掉電話前，小虎又開口，「兩極只是未成年的少女。」

「這是身爲兩極的宿命。」被稱作獅爺的男人聲音中並沒有惋惜，也沒有憐憫，只是在陳述一個事實。

「這也是我無法贊同阿零的原因。」小虎的笑容消失，結束了通話。

他轉身回到咖啡廳，身後閃現一隻白色巨獸，巨獸打了個哈欠，很快又瞬間消失無蹤。

星期六，封和任凱等四人約定七點在捷運站會合，一起搭乘接駁車去遊樂園。清早的空氣有些涼，大家都還沒完全睡醒，阿谷甚至沒有用髮膠將頭髮抓出造型。

睡眼惺忪的封忍不住說：「爲什麼我們不用一樣的方法就好？」她瞥了眼阿谷，喬子宥聽不懂這句話，但另外兩個男生馬上就明白了，封的意思是指可以讓阿谷駭進德新的資料庫。

「上次那幾個還勉強看得出長相，但這次這個臉都摔爛了，根本認不出來，要怎麼找？」任凱說著，走到前方，朝行駛過來的接駁車招手。

一行四人上了車，封馬上搶了窗邊的位子，喬子宥笑著坐到她旁邊，阿谷的位子和她們隔著走道，任凱則坐在他身旁，和封一樣是靠窗。

坐定之後，封立刻就被周公拖去下棋了，完全不需要時間醞釀睡意。喬子宥看著封，也掛著微笑閉上眼睛。

「靠，還真好睡，我昨晚可是嚇到睡不著。」阿谷嘖了聲，不禁羨慕起封的粗神經。

「你最後有去廟裡嗎？」任凱觀察了下車內的狀況，司機已經關上前門，車內空位大約剩下三成。

「有啊，我今天還戴著這個。」阿谷扯扯脖頸上的紅色平安符，東張西望後，壓低聲音，「喂，雖然我很不想知道，但還是問一下，現在有跟著我們嗎？」

「你確定要問？」任凱面無表情的看著窗外。

「靠杯，算了！」阿谷罵了聲，戴上藍色外套的帽子，將帽沿往下一扯蓋到眼睛處，也準備補眠。

直到聽見眾人平穩的呼吸聲，任凱的視線才從窗外轉回車內，看了看一旁熟睡的阿谷、靠在封的肩膀上睡去的喬子宥，以及倚著車窗睡得香甜的封。

當然還有——坐在封後方的座位，血肉模糊的雙手分別放在喬子宥和封的肩膀上、帶著詭異笑容的鬼學姊。

「爲了查出妳的身分，我們要先到遊樂園找我姊。」任凱冷聲說。

「就要沒時間了。」鬼學姊笑著。

「如果妳可以直接告訴我妳是誰，我們就不會浪費時間。」任凱沒好氣的說。

鬼學姊卻搖搖頭，「那是你們必須去的地方。」

「爲什麼？」任凱不解地問。

然而鬼學姊仍只是帶著狀似滿足的笑容，即使臉上的肉塊不斷往下滑落，眼珠子只靠一點點組織勉強連著眼眶，她也一點都不在意。

「時間到了，大家就都要走了。」鬼學姊說。

第五章

自從國中畢業後，封就沒來過遊樂園了，因此一下車她便興奮地拿起相機東拍西拍。在車上睡了一覺，她整個精神都來了。

「快點快點！我要坐旋轉木馬！」說完，她就想往漂亮又華麗的旋轉木馬跑去，卻被任凱像抓小貓一樣揪起上衣後領。

「哇！」

「我們是來玩的嗎？現在應該做的事是去找我姊。」任凱看著不斷掙扎的封，覺得她眞的就像小動物一樣。

「可是這裡這麼大，我們也不知道你姊姊會在哪裡呀。」都花錢買門票了，不玩一下封實在不甘心。

「你爲什麼不打電話就好？」喬子宥不耐煩地問。

聞言，任凱的臉色難看到像是踩到大便一樣，阿谷搖搖頭，嘖了兩聲，「妳不懂任馨的可怕，她可是叫做任馨啊，發音剛好跟任性差不多。」

接著，阿谷雙手環胸，抬起下巴捏細聲音說：「『搞什麼啊，爲什麼非得跟你們約不可？要找我的話就自己來！』懂了嗎？她會這樣說，然後等我們到了約定地點，任馨又會說：『我已經離開那裡了，憑什麼要我在那等你們啊？』」

「你學得還眞像！」任凱哈哈大笑。

「所以呢？我們就得漫無目的地在這邊等著巧遇她？」喬子宥不禁翻白眼。

「唉唷，我們可以玩一下啊，我很久沒來遊樂園玩了耶。」封扭著身子，期待地看著大家。

「好吧。」見到封這樣雀躍，喬子宥實在拿她沒辦法，「挑一些你姊比較可能會玩的設施，我們就從那些開始吧。」

「任馨喜歡玩尖叫系列的，所以先找那類型的設施吧。」

「雲霄飛車嗎？我也很喜歡呢！」封開心地回應，跟在率先往前走的任凱後面。

「不是雲霄飛車。」任凱轉身對她露出笑容，「是鬼屋。」

封瞬間僵住，張大嘴巴搖頭，「我、我不要，不要鬼屋！」

「有什麼好怕的啊？」阿谷轉轉脖子，手插在口袋裡，滿不在乎。

「你不是很怕鬼嗎？」封大感意外，平常阿谷可是連鬼故事都不聽。

「鬼屋和眞正的鬼又不一樣，男人不敢進去鬼屋很遜欸。」阿谷一臉理所當然，但封只記得他遇到鬼時哀哀叫的模樣。

「可是眞的鬼會跑去鬼屋裡吧？他們喜歡那種地方對吧？」封怪叫，阿谷聽到這句話後停下腳步，回頭看著任凱，顯然是想要求證。

「這不能否認，但比起鬼屋裡面，其他設施可能還更多。」任凱嘆了口氣，就像電影院和百貨公司裡的鬼其實比醫院還多一樣。

「算了啦，反正在鬼屋裡面，就算有眞鬼出現，我也不會知道那是眞是假。」阿谷故作輕鬆。

封站在原地扭著手指，雲霄飛車、自由落體、風火輪那些她都敢玩，唯獨鬼屋是罩門。

「放心，我會走在妳前面，妳可以看地上就好。」喬子宥安撫她。

但封還是沒有因此感到比較安心，雖然她明白鬼屋裡面的鬼都是假的，跟著他們的鬼學姊才是眞的，可是假的看得見，眞的看不見啊。

任凱之所以第一個就選擇鬼屋，除了任馨的確喜歡鬼屋以外，也是想要嚇嚇封，因此他不禁嘴角上揚。

當他們一行人來到鬼屋前面時，除了排隊的人龍，任凱還看到了飄浮在空中的鬼學姊。

於是他知道，他選對地方了，因爲鬼學姊正微笑著，手指向鬼屋入口。

鬼屋每次入場必須湊滿三到六個人，並排成一列，每個人的手都要搭在前面那個人的腰上。整段路程約花費三十到四十分鐘，通常都是頭尾兩人比較容易受驚嚇，所以領頭跟殿後的人選非阿谷和任凱莫屬。

「沒想到有這麼多人喜歡鬼屋。」封看著長長的隊伍，發自內心不懂大家爲什麼喜歡花錢嚇自己。

「有看到任馨嗎？」阿谷往前面排隊的人潮掃了眼，「我這邊應該沒有。」

「後面也沒有。」任凱說著，眼角餘光瞥到一個戴著墨鏡的女人。他匆匆回過頭，卻只見到女人消失在轉角處。

「那我們就不要去鬼屋啦，先去玩別的設施。」封立刻提議。

任凱望著轉角好一會兒，剛剛那個女人他似乎在什麼地方見過，好像是在某個漆黑的夜裡。他一時想不太起來，只能暫且拋開，將視線移回封身上，然後掛起微笑，「照理來說是該這樣沒錯，但現在排隊的人這麼多，我們也沒辦法走出去。」

「呃……我怎麼覺得你是故意想嚇我？」封乾笑。

「我會這樣……」任凱正要假意辯解，但一個不耐煩的聲音從後面傳來，打斷了他的話。

「妳現在才說不玩，有沒有搞錯啊！」

「我突然覺得很可怕啊……」一個女孩戰戰兢兢地回答。

「有什麼好怕的？還不都是假的。」另一個女孩輕快地說。

「是啊，我們好不容易可以趁今天逃出來感受一下真實世界。」最先開口的女生又說。

「可是……那也不該去鬼屋啊，妳們忘了嗎，那裡是……」不想進鬼屋的那名女孩欲言又止，彷彿快要哭出來。

「就是沒忘記才會再來，妳少在那邊假裝懺悔！」

封轉過頭，看見三個和他們年紀差不多的女生，其中最矮小的短髮女孩眼裡含著淚。

「學校裡那種烏煙瘴氣的氛圍我已經受夠了，難得可以解脫一下，妳還給我囉嗦，有夠掃興！」站在封後面的長髮女孩瞪大眼睛，滿臉不悅，伸手作勢要打短髮女孩。

「好了啦，在學校還吵不夠嗎？來這邊也要吵？」穿著黃洋裝的那個女生聲音依舊輕快，只是嘖了聲，甩了甩及肩的頭髮。

封轉過頭和喬子宥對看一眼，聳聳肩。

三個女孩繼續爭吵著，隨著時間的推移，封一行人終於來到入口處。

「不好意思，現在人潮眾多，所以限制每一批入場隊伍都要滿六個人。」工作人員制式化地提醒。

「我們是沒意見。」阿谷聳聳肩。

後面三個女生卻立刻不高興了，脾氣暴躁的長髮女孩大聲抱怨：「分開我們還玩什麼？規定不是三到六人就可以嗎？」

封瞥了長髮女孩一眼，覺得這女生實在是凶巴巴的。

「因爲今日人潮眾多，所以希望每組都能滿六人，敬請見諒。」工作人員重複同樣的話。

「跟別人一組不要緊，但我們有三個人，一定要一起進去，請你看看後面有沒有也是三人一組的。」穿黃洋裝的女生聳聳肩，拉了拉長髮女孩的衣袖，示意她冷靜點。

工作人員一臉無奈，卻還是撐起笑容，走到後面詢問，不久又搖著頭回來，「抱歉，後面的是五個人，再後面是六個，能否請妳們之中的兩位跟前面的人一組……」

「有沒有搞錯啊？那我們剩下的那個人怎麼辦？讓她一個人跟後面五個不認識的一組？你們這遊樂園是怎樣啊，哪有這樣子的！」長髮女生瞪大眼睛咆哮著，排隊的人們紛紛安靜下來，看向這邊。

「瘋婆子。」喬子宥低聲說，任凱扯了下嘴角。

「喔，那、那我不玩好了，讓她們三個跟你們三個一組怎麼樣？」封眼睛發亮，覺得眞是天助我也。

「哇，小瘋子眞聰明。」阿谷微笑。

「是啊。」任凱也露出笑容，然後和阿谷分立兩側，擋住了封的去路。

「妳別想。」喬子宥也笑著說。

「你們眞的很壞！」封氣呼呼的，只好撇頭去觀察那三個女孩。

長髮和黃洋裝女孩還在和工作人員爭執，雙方僵持不下，誰也不肯退讓，工作人員都快失去耐心了。

「那個……我肚子忽然很痛……」一直站在一旁的短髮女生囁嚅著開口。

長髮女孩更生氣了，「妳搞什麼？不會是故意的吧？」

「剛剛明明還沒事的，妳就這麼不想玩？」黃洋裝女孩也皺起眉。

「不是，是眞的突然很痛……」短髮女孩微微屈膝，身體靠在旁邊的欄杆上。

工作人員用對講機叫來其他工作人員幫忙，從旁邊的通道將短髮女孩帶出去，而她的兩個朋友從頭到尾都雙手環胸站在原地，用狐疑的眼神打量。

「她一定是裝的。」黃洋裝女孩嘀咕。

「因爲她覺得這裡是事發現場。孬！」長髮女孩用鼻子哼了聲。

封看見短髮女孩就坐在不遠處的一張椅子上，目光飄移著，不敢往她的朋友這邊看。

「你現在爽了吧？我們只能跟前面的一組了。」長髮女孩不客氣地對工作人員說。

「那就請拉好前面的人的衣服，請注意別破壞屋內的道具，也請勿動手觸摸機關，謝謝。」工作人員的耐性顯然已經達到極限，皮笑肉不笑的走到入口處拉開黑色布簾。

「等等，我們交換一下位置。」任凱出聲，轉頭對那兩個女生露出一個假惺惺的帥氣笑容，「讓我殿後吧。」

兩個女生原本還一副盛氣凌人的模樣，看見任凱那騙人的笑容後，態度卻馬上放軟了一半，聲音也變得甜膩。

「喔……好哇，當然沒問題。」長髮女孩燦笑。

「你眞是體貼啊。」黃洋裝女孩邊說邊靠向任凱，封忍不住皺緊眉頭。這兩個女生也太輕易就被騙了吧？而且態度也轉變得太快了！

「封，妳的臉色好難看，眞的那麼害怕？」喬子宥有些擔心地問。

「沒有，我沒事。」封搖搖頭，拉著喬子宥的衣角，「那我們走吧。」她已經決定一路上都要閉緊眼睛。

由於是阿谷負責打頭陣，跟在後面的喬子宥只能不太情願地用一隻手抓著他的衣角，封則是緊貼在喬子宥背後，黃洋裝女孩走在她後方，在拉她的衣服前還說了聲不好意思，有禮的態度讓封頗感意外。

而殿後的任凱前面正是那個易怒的長髮女孩，雖然此刻她的臉上布滿紅暈，一點生氣的樣子都沒有。

「那麼，歡迎來到凶案現場。」工作人員微笑，伸出一隻手請他們進入。六個人魚貫穿過黑幕，工作人員關上門，眾人眼前瞬間一片漆黑。

光是看到這樣，封就有些腿軟了。

「那我們開始往前走啦！」阿谷興奮地打開第一扇門。

映入眼簾的是一間客廳，看得出來布置得非常用心，裡面有一張L型沙發，昏暗中唯一的光源是頭頂那盞忽明忽滅的水晶燈。

沙發上面沾滿了大量血跡，牆壁也噴灑上了黑色血液，一旁的餐桌椅擺放得十分凌亂，地上有許多血腳印，甚至還有具只有下半身的屍體。

封想起排隊時，掛在牆上的液晶螢幕播放著鬼屋的背景介紹。這裡是一間凶宅，幾年前這戶人家在屋內被殘忍殺害，後來便鬼影幢幢。遊玩方式就是要探索整間住宅，某些地方會有恐怖的機關，當然還有製作得極爲逼眞的屍體。

「布置得很不錯啊。」阿谷走向沙發。

「哇！我不要過去啦！」封怪叫著，但路線就是設定要走過沙發，再走到電視機前面，接著是餐桌、窗邊，最後才能前往廚房。

封發現她越是害怕，阿谷就笑得越開心，於是只好緊閉雙眼，聽著大家說話。

「我們之前來的時候是海盜船呢。」走在她後面的黃洋裝女孩說。

「不過仔細看，格局還是一樣，只是擺設變了。」長髮女孩的聲音顯得很愉悅。

「妳們之前來過這裡？」後頭的任凱問。

「是啊，畢業旅行的時候。」兩個女生雀躍地回答。

任凱帶著溫和的虛僞笑容和她們說話，同時觀察著四周。到現在還沒看見鬼魂出沒，令他有點意外。

啪！

當阿谷繞到電視機前面時，螢幕突然開啟。

「哇！」他的驚叫聲讓封猛地張開眼睛，跟著向電視看去。

螢幕上是一個女學生站在頂樓的畫面，鏡頭忽然拉近特寫她的臉部，封還來不及看清楚，女學生便往下跳，摔得腦漿四溢，然後畫面就消失了。

這個女孩對封來說再眼熟不過，因爲就是那個鬼學姊。

看著阿谷和喬子宥難看的臉色，封知道他們也發現了同樣的事，她轉過頭看了看落在最後面的任凱，而任凱只是搖頭，要他們別有任何反應。

「這是用來嚇人的吧。」黃洋裝女孩說話了。

「可是什麼都沒有，好歹也該有個頭破血流的畫面吧。」長髮女孩笑著回應，一點也不害怕。

「什麼都沒有嗎？」任凱迅速抓住她們對話中的關鍵，長髮女孩點頭。

「對啊，不是只有雜訊而已嗎？但是好像有聲音。」

「是哭聲吧，老套，在說『對不起，請原諒我』之類的……」黃洋裝女孩說到這裡，忽然頓住。

「別說了。」長髮女孩的聲音變得緊繃。

其餘四人都嚥了嚥口水，阿谷更是低咒了聲。

任凱左右張望，想找出鬼學姊躲在什麼地方，卻忽然感覺腰間一陣冰涼，眼窩也劇痛起來。一股惡寒從腹部緩緩蔓延開來，噁心的臭味驀地充斥了他的鼻腔，讓他的胃液在胃中翻騰起來。

低下頭，他看見有雙泛青的手環在自己的腰間，臉部腐爛的鬼學姊仰頭對著他輕笑：「接近了，就要接近了。」

任凱實在是有點受不了了，這些阿飄想找他們幫忙的時候都很直接，可是要給提示的時候又不乾不脆的。接近是指什麼接近？是他們接近了什麼，還是什麼接近了他們？

無奈這裡有外人在，他無法開口詢問，只能強忍著不適繼續往前走。

前頭的人並沒有發現任凱的異常，一行人順利繞完了廚房，中途只有被微波爐裡的人頭裝飾嚇到，並聽到拍打玻璃窗的詭異聲音，除此之外沒有什麼特別的。

他們來到了主臥房，因爲這裡的空間比較寬敞，眾人便暫時不再排成一列，各自在房裡走動。

「阿凱，你沒事吧？」阿谷發現任凱站在原地，完全沒有移動。

封和喬子宥也靠過去，另外兩個女生則繼續走來走去，還拿出手機拍照。

「學長？」封不安地開口，她知道任凱露出那樣的表情肯定不會是好事。

在封說話的同時，有陣輕柔的微風吹過，讓任凱腰間噁心的觸感頓時消失。

「怎麼會有風？」長髮女孩疑惑地說。

「好奇怪喔。」黃洋裝女孩下意識搓著自己的手臂。

任凱則是直盯著封，他的心中有個猜測，雖然看似很不合理，是眞相的可能性卻極高。

「阿凱，你別告訴我剛剛又是……」阿谷小聲地問，看見任凱的眼神後，他再次低罵，「靠啊！鬼屋我不怕，但在鬼屋裡面遇鬼這種事情還眞是萬萬想不到！」

「所以我不是說過別進來嗎？」封立刻抱怨。

「別吵！還不是爲了要看妳害怕的樣子！」阿谷凶巴巴地說。

封嘟起嘴巴，大感委屈。

「剛剛電視螢幕的畫面，只有我們四個人看到了，鬼學姊到底想表達什麼？」喬子宥覺得簡直被他們打敗了，現在根本不是吵架的時候。

「她剛剛跟在我後面。」任凱轉述了鬼學姊的話，順便把在接駁車上發生的事情，以及鬼學姊要他們進來鬼屋的指示都講了出來。

刻意隱瞞並沒有好處，如果這是種警告，讓大家先知道才能有備無患。

「靠夭喔！」阿谷聽完之後，除了髒話以外沒有其他感想。

「是什麼接近了？」喬子宥將手放在下巴上，思考起來。

「這就是我不懂的地方。」任凱聳聳肩，環顧主臥房。

床上躺了一具假屍體，周圍布滿大量血跡，衣櫃不時傳出怪聲，而床邊則有一具只剩上半身的屍體，想來就是剛才廚房那具只有下半身的屍體的另一半。而床底下似乎還有一具屍體。

「你們在吵什麼？」阿谷罵得很大聲，讓長髮女孩以爲他們是在吵架。

「我們差不多該往下一個地方走了，下一組人應該已經到客廳了。」黃洋裝的女孩說著，隱隱感覺到室內的溫度好像越來越低，「記得是每八分鐘會放下一組進來。」

「那我們快離開這裡吧。」阿谷一秒也不想再多待，馬上來到下一道門前準備打開。

「我覺得好冷。」封搓著手臂，剛剛他們進來的時候，溫度明明還很正常。

「我們快出去吧。封，抓好。」喬子宥站到阿谷後面，她也察覺到了室溫的變化，而且從剛才開始她就一直很不舒服，覺得脖子彷彿被什麼掐住了。

任凱也拉過那兩個女孩，讓她們回到定位上，因爲他發現床底下的東西似乎並非鬼屋裡原有的，而是別的什麼。

「快點走……」他話音未落，室溫瞬間變得更低，床鋪喀喀喀的劇烈搖晃起來。

「呀！」黃洋裝女孩尖叫出聲，長頭髮的女孩被嚇了一跳，跟著放聲尖叫。

「不要驚慌……」任凱大叫，想制止那兩人亂竄，可是黃洋裝女孩已經打開前往下個目的地的門衝進去，長髮女孩也一邊咒罵一邊跟上。

「喂！妳們回來！」阿谷大喊，但兩個女孩沿著黑暗的長廊一直往前跑去，最後身影徹底消失，只能隱約聽見她們失控的尖叫聲。

「別管她們了。」喬子宥緊咬著下唇，所有人臉色發白，他們都聽見了那詭異的聲響，卻沒人敢轉頭。

「怎、怎麼辦？」封已經快要哭出來了。

「我們握緊彼此的手往前走，不要回頭。」任凱握住封的手，看著臉色慘白的她，他竟突然覺得有點想笑。

「靠杯，早知道就不要進來鬼屋了。」阿谷抖得厲害，不忘抱怨。

「我早就說過不要進來了！」封再次抗議。

還是一樣由阿谷打頭陣，四人往前緩緩移動。由於前方的走廊寬度只夠讓一個人通過，所以牽著手的他們必須側著身子走。路上並沒有遇見剛剛那兩個女生，看樣子她們是已經直接跑到出口了。

他們慢慢遠離那詭異的臥房，也漸漸聽不見奇怪的聲響了，正當所有人鬆了一口氣時，走在最後面的任凱卻停下腳步。

「後面怎麼停下來了？」感覺到後方傳來拉扯的力道，阿谷停下來喊道。

「怎、怎麼了嗎？」封不敢回頭，於是也扯著嗓子問。

「阿凱？」阿谷轉過頭，卻對上任凱陰沉的目光。

「有人牽著我的手。」就在剛剛，任凱空著的手被另一隻手輕輕握上，那觸感噁心至極，滑溜溜不說，而且還十分冰冷，跟冰塊一樣。

阿谷朝任凱背後看去，走廊裡十分陰暗，他只能隱約看到任凱背後有團黑影在蠕動。

「幹！」阿谷大叫一聲，因爲他忽然見到任凱後面的東西將手搭在任凱肩上，順勢往上一跳，接著在走廊的兩邊牆壁迅速來回跳躍，最後倒掛在天花板上。

「呀！什麼東西！呀！」那東西的長髮垂落下來，掃過封的臉龐。

「快跑！」任凱大吼，喬子宥立刻抓緊封，並推著前方的阿谷拚命往前跑，但那東西瞬間在天花板上高速往前爬，一下擋到阿谷面前。

阿谷緊急止步，差一點就撞上那玩意兒。

「是鬼學姊嗎？我們不是來玩的！我們是……」封驚慌地解釋，卻被後面的任凱一把拉過去。

「快往回跑！杵著幹什麼！」任凱也不管封現在是背對著他，粗魯地拽著她往來時的方向跑。

「子宥！」封不忘拉住喬子宥，兩人就這樣一路被任凱扯著跑回主臥房，耳旁還伴隨著阿谷鬼吼鬼叫的聲音。回到房間後，他們趕緊關上通往走廊的門，這才有時間喘息。

四人完全不明白爲什麼鬼學姊又突然出現，阿谷蹲在一旁，幾乎快要昏倒。

「到底怎麼回事？以她剛剛那種速度，完全可以再追上我們啊，爲什麼沒追上來？」喬子宥即使被嚇得半死，依然很快找出疑點所在。

「我一點也不想知道爲什麼。靠，我的壽命一定縮短了好幾年……」阿谷有氣無力地說。

「她既然把我們趕回這個房間，就一定有原因。」任凱淡淡說。

「什麼原因？這裡就是鬼屋啊，難道她還想嚇我們？」封也蹲在阿谷旁邊，一臉頹喪。

「我不知道你們有沒有發現，那張床底下似乎有東西。」喬子宥來回踱步，而後忽然往床的方向走去。

「我有注意到，應該就是鬼學姊。」喬子宥的觀察入微令任凱感到訝異。

「哇靠，那更不該靠近那張床啊！」阿谷怪叫。

「也許她是有什麼訊息要給我們，看看無妨。」喬子宥說。

任凱也過去幫忙，他稍微抬高床板，讓喬子宥能夠更容易往床底鑽去。

但抬起床板的動作可能觸動了機關，原本躺在床上的假屍體忽然坐了起來，讓阿谷和封嚇了好大一跳，跳了起來抱著彼此尖叫。

「你們兩個也幫幫忙，別一直鬼叫！」任凱吼了聲。

「是阿谷先叫……」封其實是被阿谷嚇到才叫出聲的。

「小瘋子，別推給我，是妳先抱住我的！」阿谷立刻反駁，剛剛逃命逃得窩囊就算了，好歹是面對真鬼，但被機關嚇到就太糗了。

「別囉嗦了，阿谷你過來，幫我抬另一邊。」

阿谷不甘願地碎碎念，過去幫忙抬起床的另一邊，屁股卻不時頂到地上那具只有半截的屍體，導致屍體因爲被觸發機關而不斷動來動去，讓他又忍不住碎念了好一會。

「下面有什麼東西嗎？」封站在一旁，緊張地問。

「這邊的木板好像有點不對勁……」喬子宥又往床底鑽進去了一些。

「快一點，這床很重。」阿谷的臉漲紅起來，「阿凱，你有沒有出力啦！」

「當然有，你別吵！」任凱的手臂上青筋突起，床板加上床墊再加上面的假屍體還有一些雜物，讓這張床變得相當沉重。

「好像有什麼……有了！封，拉我出去！」上半身已經完全探入床底的喬子宥悶著聲音喊，封立刻用雙手抓住她的腳踝，使勁往後一拉，喬子宥順利被拉出來，整個人身上沾滿灰塵。

任凱和阿谷隨即鬆開手，床砰的一聲落下。

「有夠重！」阿谷揉著胳膊。

「所以妳找到了什麼嗎？」任凱喘著氣，走到喬子宥身邊。

「這個被藏在木板下面。」喬子宥手裡拿著一個夾鏈袋，裡面裝著一本薄薄的筆記本，像是學生在課堂上使用的筆記本。

「靠，這該不會是凶案現場的證據之類吧？還刻意放在夾鏈袋裡面。」阿谷胡亂猜測。

「這裡的確是凶案現場啊。」封說，而後忽然靈光一閃，「這會不會是遊樂園安排的隱藏線索啊？」

面對封天眞的想法，喬子宥和任凱不約而同地看了彼此一眼。

「妳怎麼有辦法忍受她？」

任凱無奈地問，喬子宥用聳肩代替回答。

「什麼啦！我覺得這很合理啊，既然得到了隱藏線索，我們就可以找出兇手了！」封興奮地拍手。

「少蠢了小瘋子，這裡只是讓妳體驗凶宅，又不是要妳推理找出兇手！」阿谷忍不住打了封的頭一下。

「好痛！」封按著頭，想用腳踢阿谷，卻被閃過。

「你們兩個別鬧了！」任凱沒好氣地吼了聲，同時接收到喬子宥的目光，彷彿在對他說：「你也辛苦了。」

封和阿谷依然打打鬧鬧，任凱和喬子宥已經放棄叫他們安靜，兩人一起看著夾鏈袋裡的筆記本，「要打開嗎？」

「我來開吧。」任凱接過夾鏈袋，猶豫了下後才打開。這一瞬間，房內本來就不怎麼明亮的燈光閃爍了下，在一旁拉拉扯扯的封和阿谷停止動作。

「怎麼了？」兩人以迅雷不及掩耳的速度靠到任凱旁邊。

「接觸不良吧。你們給我退後一點，這樣我要怎麼看！」任凱說了謊，其實當他摸到筆記本的時候，一股冰冷的不祥感覺便立刻竄上脊背，讓他直打哆嗦。

他翻開筆記本，第一頁的第一行寫著：「也許我唯一能做的，就是死。」

「感覺……好像不太妙？」看到這樣的開頭，所有人都傻了眼，阿谷忍不住說。

「這眞的不是園方製作的鬼屋道具嗎？」封還抱著一絲希望。

「不，這就是鬼學姊要我們找的東西。」任凱說，悠悠看向阿谷後方，鬼學姊正坐在床鋪正中央竊笑著。

「喔媽啊！別這樣看過來！」阿谷哀號，任凱這樣越過他的肩膀看著後面明明沒有人的地方，實在是太令人毛骨悚然。

「時間就快到了！」鬼學姊尖聲笑著，身上的肉塊不停滑落，所有人都聽見了她的聲音，但只有任凱敢和她對上眼。

「什麼時間？」任凱問，在遊覽車上時，鬼學姊也說過這句話。

「很快就會知道了！」鬼學姊往上一躍，穿過天花板消失不見，此時通往客廳的那條走廊傳來聲響，一行人戒愼恐懼的往門的方向看去。

「是誰……」封小聲地問，喬子宥比了個噤聲的手勢，帶著她緩緩往後退。

門把開始轉動，任凱順手將筆記本放回夾鏈袋裡，另一隻手拉著封，四人立刻朝下一個目的地的門跑去。

「阿谷！快開門！」已經來到門前的阿谷怎麼樣也轉不開門鎖。

「我、我太緊張了，等……」門並沒有被鎖住，只是阿谷抖得無法握好門把。

「閃開！」喬子宥推開他，一口氣將門打開，漆黑的長廊再次出現在眼前。她嚥了嚥口水，回頭對其他人喊，「快走吧！」

此時另一邊的門已被打開，他們還來不及尖叫，來人便魚貫進入臥房。

「哇！布置得眞不錯。」一個身高約莫一五〇公分的嬌小女孩三步併作兩步來到床邊，「跟我們上次來的時候不一樣。」

「之前的海盜船一點也不可怕，凶案現場比較有感覺。」走在後面的另外幾個男女搭腔，他們圍在床邊觀察那些機關，沒發現任凱他們。

「等等，那是下一組的人吧？」阿谷鬆了一口氣，「不是鬼啦！」

「我們待太久了。」喬子宥也如釋重負。

「對對對，那幾個人我有印象，就是排在那三個女生後面的人。」封認了出來。

「如果剛剛在排隊的時候就看見了的話，那我們根本不用進來找罪受……」任凱一眼就看到某個十分熟悉的女孩，頓時感覺全身虛脫，嘴上喃喃說。他完全忘記搜尋時視線應該放低一點，不然根本很難看得見她。

鬼學姊的目的就是要他們找到這本筆記本，但任馨來的遊樂園居然正好也是鬼學姊指引他們前來的地方，這是歪打正著嗎？

「哇！你們是誰啊！」原本專心觀察著機關的那群人終於發現任凱他們，「上一組的？」

「誰誰誰？」嬌小女孩被擋住視線，於是撥開人群探頭到前方，阿谷瞬間大叫一聲，女孩也睜圓眼睛。

「任凱？」她喊。

「任馨。」任凱的表情有些緊繃。

第六章

嬌小女孩的臉頰是完美的蘋果肌，櫻桃小嘴像塗了厚厚一層唇蜜那樣水亮，但看得出來她是天生麗質，而非依靠化妝。

她眨著大眼睛，一副無辜的樣子，蓬鬆的俏麗卷髮尾端恰好落在肩膀上方。這個模樣楚楚可憐的女孩，就是任凱的姊姊任馨。

「你怎麼也來遊樂園啦？」

他們已經走出鬼屋，此時正坐在外面的椅子上休息。出來之後，封試圖找過剛剛那三個女孩，但已經沒看見人影。

面對任馨的問題，任凱只是沉默不語。

「這是妳弟？」任馨的一個女性朋友興奮地打量著任凱。

「嗯，高二。」任馨漫不經心地掃視著眼前的四人。

「喂喂，阿谷，爲什麼學長看起來有點僵硬？」封小聲在阿谷耳邊嘟囔，卻發現連阿谷也有些坐立難安。

「就跟妳說任馨很恐怖了。」阿谷用氣音回應。

封看了看任馨，兩人剛好對上眼，任馨給了她一個甜美的微笑，讓封感覺都要被融化了。

「阿谷，你幹麼亂講？學長的姊姊好可愛耶。」她傻笑著用手肘頂了頂阿谷的腰。「你還說人家是什麼傲嬌什麼的。」

阿谷臉色大變，因為封說得太大聲了。

「他那時候還加了抖S兩個字。」喬子宥馬上補槍，事實上她也覺得任馨真的非常可愛。

「到底什麼是抖S啊？」封歪頭。

阿谷已是冷汗涔涔，感覺到有一股龐大的壓力逼迫而來。

「抖S就是喜歡虐待人，而且是重度。」任馨冷冷說。

「女王大人，請原諒我，我真的不是故意的！」阿谷二話不說，立刻轉身下跪道歉。

看到這一幕，封和喬子宥無比訝異，任馨究竟可怕到什麼地步？居然能讓阿谷這種不可一世的人下跪道歉。

只見任馨微微一笑，站起身優雅地走過來，踩在阿谷的手背上。

封和喬子宥張大嘴巴僵在原地，不知道該如何反應，而任馨的朋友們都只是聳聳肩，無奈地笑著對看，好像早就習以為常。

「這次只是小小懲罰你，下次再亂說話，你就準備剃光頭吧。」任馨居高臨下，還是甜甜地笑著，阿谷用力點頭。

「任馨，別這樣。」任凱上前阻止，任馨瞪了他一眼，聳聳肩移開腳，「我們也要去玩其他設施了，掰啦。」

「請等一下。」喬子宥出聲。

任馨停下腳步，轉過頭，表情倒是沒有不悅，「妳是？」

「我叫喬子宥。」自我介紹後，喬子宥看了任凱一眼，示意他說明。

任凱捏緊手中的夾鏈袋，搖了搖頭，「沒事，晚點再跟妳聯絡。」

「學長？」封忍不住喊。

見自己的弟弟明明有話卻選擇不說，任馨輕蹙眉頭，視線在任凱手中的筆記本上停留了一會兒，最後還是轉身跟她的朋友們離開。

「你怎麼不說？」等他們走遠後，阿谷才從戰戰兢兢的模樣換回痞子樣。

「對啊，爲什麼不直接問你姊姊？」封也覺得奇怪，喬子宥甚至有些生氣。

「我們還沒看過筆記本的內容，我認爲還是先看過再決定怎麼做比較好。」語畢，任凱坐到椅子上，將筆記本放在桌面攤開，其他三人也跑過來坐好。

筆記本上的字跡清秀，筆畫卻有些抖，每一個字的線條都微微扭曲，有幾個字還暈開了，很可能是邊哭邊寫下的。

每一篇內容記錄的都是怵目驚心的霸凌事件，而且筆記本的主人不只一次寫到想死。

前後不過十來篇，承載的絕望之深卻令人窒息。

看完之後，任凱心情沉重的闔上本子，所有人不發一語，氣氛凝重。封幾乎要流下眼淚來，光是透過文字去想像對方的處境，她就幾乎要不能呼吸，更別說是親身經歷的人。

「這是鬼學姊的日記嗎？」良久，喬子宥啞著嗓音問。

「日記最後一篇寫了『我決定自殺』。」任凱回答。鬼學姊的確在他們學校頂樓不斷重複著跳樓的行爲，但奇怪的是，在德新自殺的學生爲什麼會跑到他們學校？這一點是他始終不解的。

「八九不離十，就是鬼學姊了吧。」封有些同情起來。

「小瘋子……」阿谷一隻手搭在封的肩膀上，神情驚訝，「沒想到妳還會使用八九不離十這個詞呢。」

「什、什麼？沒禮貌！我也是會用一些艱深詞彙的好嗎！」封嘟起嘴巴。

八九不離十不算什麼艱深的詞吧……

喬子宥和任凱都沒把這句吐槽的話說出口。

「裡面提到的人名有三個。」喬子宥將話題轉回筆記本上。

「藍映潔、方怡涵、彭禹惠。」任凱準確說出三人的名字。

「也就是說，我們只要找到這三個人，就可以找到筆記本的主人。」喬子宥有些振奮。

「然後就可以查出鬼學姊的身分。」任凱立刻拿出手機撥給任馨，卻得到不耐煩的回應：「學校裡有幾百個人，我哪可能知道她們是誰？」說完就掛了電話。

「妳們看吧，就說任馨很任性了。」阿谷說。

「況且，也無法確定那些人是不是已經畢業了。」喬子宥聳聳肩。

封托著下巴，忽然靈光一閃，「筆記本借我一下！」

她把筆記本拿過來，翻到封底處仔細尋找，很快露出笑容，示意大家過來看。

「什麼？」阿谷看著滿臉得意的封，不明白是要看什麼東西。

「有些筆記本的封底會標明生產時間，很幸運的是，這一本也有。」封指著封底的右下角，那裡印著二〇一一年的字樣，所有人瞬間瞪大眼睛。

「花栗鼠，妳平時雖然笨笨的……」

「喂！」還沒把話聽完，封就喊了一聲。

「有時候卻意外精明。」任凱接著說，笑了起來，讓封的胸口突然小鹿亂撞。

「如果是二〇一一年，那裡面提到的三人有很大的可能都還待在德新，最多也是畢業一、兩年而已，這樣我們要找的目標就很明確了。」

「我我我！我知道下一步要怎麼做！」封立刻舉起手，腳卻被阿谷用力踩了下，「哇！」

「小瘋子，妳沒事吧？講話瘋瘋癲癲的。」阿谷連忙關心似的問，腳下的力道卻沒減輕，還用相當具有威脅性的眼神盯著封。

「沒、沒事……」封癟著嘴，淚水已經在眼眶裡打轉。她今天穿的是新鞋，被這樣一踩都髒掉了。

阿谷私底下還有另一個身分，駭客。

這是只有任凱和封知道的祕密，而雖然阿谷和任凱都提醒過好幾次，封剛剛仍舊差點不小心講出來。

連封都能想到的辦法，任凱當然也想到了。

最直接的方式便是讓阿谷駭入德新的資料庫，找出這三人的名字，並調查她們的班級裡有沒有學生自殺。

如果有，那麼死者很可能就是糾纏著他們的鬼學姊。

可是這一次情況不同，多了喬子宥加入。雖然喬子宥是封的好朋友，為人謹慎，腦袋又聰明，口風也絕對比封更緊，但任凱認為多一事不如少一事，阿谷的能力還是越少人知道越好。

所以這次只能靠他們自己找出答案。

見封沒打算再說，阿谷才移開腳，悠哉悠哉地往旁邊靠去，看著天空哼歌。

「封，妳怎麼了嗎？」見封哭喪著臉，喬子宥關心地問。

「沒有……」封是啞巴吃黃蓮，有苦說不出。

「我們可以先調查二〇一一年後自殺的學生，再去比對死者班上有無這三人的名字，頂多就是翻畢冊一個個對而已。至於歷年自殺名單，在報紙或是網路上應該都找得到吧。」阿谷聳聳肩。既然自己的拿手專長幫不上忙，他決定好歹也幫忙出個主意，畢竟鬼學姊把他們四個人都當成一夥的了。

「透過網路和報紙尋找不太可靠，因爲可能會有遺漏，或是根本沒刊登出來。」任凱說。

「畢竟德新每年都有人自殺，媒體和社會大眾早已見怪不怪。」喬子宥接話。

「而且從報紙和網路搜尋好累喔。」封光是用想的就覺得眼睛酸了。

「還是要找啊，不然怎麼辦？」阿谷難得特別積極。

「咦？對了，我記得之前……」封拿出錢包，在裡面翻找起來，順手抽出一堆折價卷和會員卡。

「妳眞的有在用這些東西嗎？」任凱皺眉，他隨便拿起一張折價卷一看就是過期的，期限還只到去年。

「唉唷！你管我！」封搶回折價卷，不久終於翻出她想找的某張名片，「這個！」

其實這也不能算是名片，只是一張紙條上寫著幾個字。

「這是誰？」沒參與到琉璃事件的喬子宥，是在場唯一不認識紙上名字的人。

磊向東，負責偵辦琉璃事件的員警之一，但封一直沒搞清楚他的職位。他似乎管轄著許多地區，又可以調出很多資料，不過任凱曾經問過，磊向東的職位頂多只到組長而已。

磊向東的眼神裡有種會讓人畏懼的威嚴，雖然他生了一張娃娃臉，還帶了點陰柔，不過一聽他說話便會明白，他的個性絕不像表面上看起來那樣溫和。

這張紙就是當初在醫院的時候，磊向東交給任凱的，他說有需要可隨時撥電話給他。

「沒想到妳還留著。」任凱有些意外。當時他隨手一放，卻被封收了起來，說覺得總有一天會用得上，不過任凱就是不希望「總有一天用得上」，才會隨手亂丟。

「嘿嘿。」封不好意思的抓抓頭。

「她連期限只到去年的折價卷都留著了，你覺得呢？」阿谷伸著懶腰。

「哼！」

「不過打給警察請他們查自殺名單，不是很奇怪嗎？」喬子宥提出疑問，「我的意思是，他有什麼義務要幫忙？沒有案件發生，這種和個資有關的機密檔案，怎麼可能會交給我們幾個高中生？」

「這樣說也沒錯。」任凱不得不同意。

事情又回到原點。似乎眞的只能用找過去新聞這種沒效率的方式了。

「看樣子沒辦法了，就這樣吧。事不宜遲，我們馬上去圖書館。」任凱將筆記本放回夾鏈袋內，而阿谷和封一起慘叫。

「我們才來沒多久而已，只玩了一個設施耶！」

「花了門票錢又花了車費，現在天色還沒暗，甚至連午餐都還沒吃，我們就要回去了？」

阿谷和封兩個人極力反對，喬子宥卻冷著臉看向阿谷，「玩遊樂設施和解決事情避免被鬼學姊索命，哪件事情比較急迫？」

兩人頓時語塞，阿谷緩緩點頭，瞪著喬子宥，「有妳的！」

封只能暗自感到哀傷，她是眞的很想玩遊樂設施，這次居然連旋轉木馬都沒有玩到。她不甘願地將桌上散亂的紙張和卡片塞回錢包裡，默默背起包包，準備離開遊樂園。

「你們怎麼還在這？」任馨的聲音忽然從一旁傳來，她和朋友正往另一個方向走去。

見到任馨，阿谷連忙躲到任凱背後。

「我們要回去了。」任凱的聲音依舊有點僵硬。

「這麼早？」任馨看了看手錶，此刻時間還不到十二點。「該不會是阿谷的手被我踩傷了，所以要去看醫生吧？」她邊說邊笑。

「哪裡的話，任馨姊別在意。」阿谷鞠躬哈腰的模樣讓封大開眼界。

「我並沒有在意喔。」說完她就轉身，揚起的髮絲散發出花香。

「那個，請問任馨姊！」封忽然大喊，任馨停住腳步。

「啊啊！笨蛋！」阿谷驚呼。

「妳又是誰？」任馨微笑，眼中卻沒有一絲笑意。

「我叫做封葉，大家都叫我封，我是任凱學長和阿谷的學妹，跟子宥是同班同學。」她連忙自我介紹，拉過喬子宥的手。

「小瘋子，也要叫我學長啊！」阿谷不忘抗議。

任馨哈哈大笑起來，她的朋友和任凱等人都一頭霧水。

「阿谷，沒想到還有女生不喜歡你啊。」她似乎覺得很有趣，「好吧，妳要問什麼？」

「我想確定任馨姊眞的對……呃，叫什麼名字？」封看著任凱。

任凱吐了一口氣，「藍映潔、彭禹惠、方怡涵。」

「對對對，任馨姊眞的對這三個名字沒有印象嗎？」

「剛剛任凱不是問過了？我不記得。」任馨有些不耐煩，不過她的幾個朋友聽了，表情卻出現變化。

「你們知道這三個人嗎？」任凱連忙問。

「任馨，妳眞的忘記了喔？」其中一個人說，「之前畢業旅行的時候，她們還因爲亂插隊而跟妳吵過架啊。」

「喔，那幾個bitch喔。」任馨想起來了，「講到她們我就有氣。」

她搖著頭，一手扶額走到椅子邊坐下，拍拍桌面，看向任凱。任凱和阿谷立刻走回來坐好，而封和喬子宥對看一眼，也跑過來坐下。

「任馨，要等妳嗎？還是我們先去吃飯？」任馨的朋友詢問，她揮揮手讓他們離開。

「妳認識這三個人？」任凱皺眉，可見任馨剛才在電話中根本沒有仔細思考。

「我記得她們那個小團體應該是有四個……不對，五個人。但其中一個好像老是被欺負吧。總之，我們之前高二畢業旅行時也來過這裡，那時候她們插隊，行爲實在是太誇張，我就制止，沒想到她們的頭頭很囂張，說她們剛剛只是去廁所，派了一個人幫忙排隊。有夠賤的，一個人抵四個人，有沒有搞錯啊？」

「她們也是三年級的？」任凱打斷正在氣頭上的任馨，換來對方凌厲的目光。

「你是哪隻耳朵沒有聽清楚？我剛剛不是說了畢業旅行嗎？不是三年級會是幾

年級？」

「抱歉抱歉。」任凱趕緊說，阿谷在一旁偷笑。

「任馨姊，那請問她們班上有人自殺嗎？」喬子宥禮貌地問。

「嗯哼，我們學校每年都有人自殺啊。」任馨顯然已經見怪不怪，「但是她們班沒有。」

「沒有？」四個人同聲驚呼。

「幹麼啊？朝會時都會公布自殺者的姓名和班級，我沒聽過她們班有誰被公布出來。」任馨揉著耳朵，似乎是覺得他們喊得太大聲。

「會不會是有人轉學後才自殺，所以校方不知道？」

封的猜測讓任馨笑了起來，「傻瓜，我們學校的自殺率雖然高，不過轉學率是零喔。」

四人面面相覷，他們一直以為筆記本的主人是鬼學姊，裡頭提到的那三人班上卻沒有人自殺。但鬼學姊的確是死了，難道筆記本的主人另有其人？

「你們問這三個人要幹麼？」任馨有些好奇。

「沒什麼，只是問問。」任凱聳聳肩，不願再多說。任馨盯著他好一陣子，而後看似無所謂的站起身，什麼也沒說就離開。

「怎麼不跟你姊姊說實話，請她幫忙呢？」封等任馨走遠後才問，任凱方才的態度擺明是不想讓任馨參與進來。

「她離這種事情越遠越好。」任凱搖頭，將話題轉回來。「看來筆記本的主人不是鬼學姊了。」

「會不會她們欺負的其實是別班的學生，而那個學生自殺了？」封如此假設，其他三人卻搖頭。

「筆記本裡頭有寫到，大隊接力掉棒是讓她開始被欺負的導火線。」喬子宥提出反證。

「那會不會是因爲分班？」封又問。

「不，德新三年都不會分班，因爲入學時就會根據學測成績分班了。」任凱記得任馨是前段班。

「我們學校也沒有分班制度啊。」阿谷聳聳肩。

「那現在是？」喬子宥皺著眉，「既然筆記本的主人和鬼學姊是不同人，對方沒死又沒有轉學，還跟那三個人同班的話，那麼勢必還在德新裡面。而且大概就是趁著畢業旅行來到這裡的時候，將筆記本藏在鬼屋裡的吧。」

「最好的方法就是請任馨去查，但她怎麼可能……」任凱抓著頭，他很清楚任馨不會願意幫忙這種事。話說回來，鬼學姊又是怎麼知道那裡有筆記本的？

「等等，我記得德新的校慶快到了。」封拿出手機上網搜尋，她有定期追蹤一個叫「全台可愛制服」的網站，裡頭介紹了全台灣所有制服可愛的國高中學校，並且還有每間學校的制服演變史資料，更整理出了所有學校對外開放的時間，例如校慶、運動會、園遊會等等。

德新校慶最特別的地方是，幾乎歷屆校友都會回來參加，這是他們的傳統。

「有了，你們看。」封將手機螢幕轉向其他人，「德新的校慶在下禮拜六。」

「所以我們趁那時候去德新，然後找出那三個人就可以了！」阿谷興奮地和封擊掌。

「可是，就算找到那三個人又怎樣？」喬子宥問，現在也不知道她們和鬼學姊是否有關係，畢竟筆記本的主人並非鬼學姊。

「子宥，妳在說什麼啊？找到她們三個，然後阻止她們繼續欺負別人啊！」封一臉理所當然，任凱卻笑了出來。

「制止了一個，還是會有下一個。」他若有所思，「不過欺負人的應該有四個。根據筆記本裡面所寫，還有一個『她』從沒被寫出名字過，但卻是主使者。」

「感覺是女王般的人物……會不會就是你姊那種類型？」喬子宥有些狐疑。

「不，任馨如果真的要欺負人，絕對不會呼朋引伴，也不會假借他人之手。」任凱斬釘截鐵地說。

「沒錯，任馨絕對會親自弄死對方。」任馨不在，阿谷便自動省略了「姊」

字。「她叫任馨啊，所以任性得要命。」

「被你們這麼一講，好像任馨姊很可怕的樣子。」封乾笑著，她覺得任馨看起來明明很溫柔可愛。

「那是妳還不夠了解她。」任凱翻了個白眼，「以後妳就知道了。」

以後……意思是說，以後她可能會跟任凱的家人有更多接觸嗎？封臉紅了，忍不住胡思亂想。

「喂，阿凱，小瘋子又發瘋了。」阿谷光看就知道封又升起奇怪的念頭。

「我的意思是，因爲筆記本這件事，妳以後會跟任馨有更多接觸……算了，我懶得解釋。」說完，任凱轉身就往另一個遊樂設施走去。

「沒錯，就是這樣，小瘋子別發花痴了。」阿谷露出不屑的笑容，跟上任凱。

「我、我知道啦！我才沒有亂想！」封這次是因爲羞恥而臉紅，「等我啦！」她也加快腳步跟上去。

喬子宥站在原地看著一切，複雜的情緒在她的胸口擴散。她明白自己和封之間最多就只能到朋友，但看著封一步一步遠離，她的內心依然感到難受。

「子宥，快來啊？」封停下腳步回頭，笑著朝她伸出手，「我們再玩一個設施，就去吃飯吧。」

喬子宥看著封，最後還是微笑著走過去。雖然總有一天一定會分離，但至少此刻，她們還是最要好的朋友。

因為已經知道接下來該怎麼做，於是四人決定就在遊樂園玩一天。而也許是他們眞的找對方向了，之後鬼學姊再也沒有出現。

「聽說妳們上禮拜六去了遊樂園？」留著一頭大波浪卷髮的女孩坐在窗邊，手裡拿著鏡子，臉上掛著微笑，正在白皙的肌膚上塗抹腮紅。

「呃……」長髮女孩和髮長及肩的女孩面面相覷，心想：她怎麼會知道？

「是的，我們去了。」站在後面的短髮女孩趕緊回答。

「方怡涵……」長髮女孩憤憤瞪了她一眼，但方怡涵和在遊樂園時那要死不活的模樣完全不同，身子站得筆直，還一副忠心耿耿的模樣。

「怎麼沒有邀請我呢？」卷髮女孩將腮紅餅蓋上，側過身露出令人心醉的笑容，一隻手輕托在下巴上，看著髮長及肩的女孩，「那個地方可眞是讓人懷念啊，對吧？禹惠。」

「是、是呀，因為我們之前畢業旅行時才去過嘛……」彭禹惠尷尬地說，不安地望向長髮的藍映潔。

「明明是今年的事，我卻覺得好像過了很久。」卷髮女孩目光迷離，「她怎麼樣了呢？」

另外三人微微一怔，「妳是說……李瑄嗎？」

「她好幾天沒來上課了，不會是又自殺了吧？」卷髮女孩站起身來，身上散發出魅惑人心的體香，那不是香水味，而是她獨有的氣味。

「她、她怎麼會又自殺呢？」藍映潔連忙開口，雙手下意識地握成拳。

「對啊，妳忘了嗎？她連自殺都辦不到啊。」彭禹惠一邊說著，一邊拿出手機，似乎在找些什麼。

「我們……並不需要逼死她吧？」方怡涵小聲說，這句話讓另外兩人渾身一顫，盯著卷髮女孩。

「呵呵呵……我們當然沒有要逼死她了。」她抿著嘴笑，模樣很美，神情卻十分殘忍，「所以我們今天要去接她來上學。校慶快到了，慶典就要來了呢。」

三個人面面相覷，她們萬萬想不到，當初只是爲了紓解壓力才開始的霸凌行爲，會演變成如今的情況。

「紀崴……妳究竟想把李瑄逼到什麼地步？」藍映潔流下眼淚，她已經後悔了，後悔當初爲什麼要用欺負人來緩解念書的壓力。

彭禹惠扭著手指，存在手機裡的影片全是她們欺負人的證據，她想刪除。現在紀崴做得越來越過分，她漸漸開始害怕這些事情遲早會曝光了。雖然她曾在網路上發布影片，但當然都打上了馬賽克，並進行了變聲和變色處理，讓人認不出來是誰。加上她們的制服和聖光高中很相像，一般人根本分不出來是哪一所學校的學生。

「什麼地步啊……」紀崴用食指點著下唇，歪頭思考，「我還沒想好呢，但一定不會讓我們太無聊。」

三個人倒吸一口氣，看來就算李瑄不死，紀崴也會讓她活得生不如死。

「我們都要去李瑄家嗎？」方怡涵眼裡噙著淚水，她想退出了。一開始她就說過不要欺負人比較好，但沒人肯聽她的話，才會造就今天這種局面。

「那當然，我們是四人小組啊。」紀崴瞇眼微笑，「加上李瑄就是五個人了，當初畢業旅行時也是這樣的組合。」

紀崴右手勾起藍映潔，左手牽著彭禹惠，回頭看了眼方怡涵，「走吧，我親愛的好朋友們。」

她笑著，笑得如此勾魂，美得令人屏息。

第七章

封發現了一件重要的事，而這件事她能肯定絕對沒有人知道。

她喜孜孜地笑著，想像著任凱和阿谷知道後的表情。任凱一定會誇獎她聰明，而阿谷一定會張大嘴巴，佩服她的消息靈通。

「封葉，妳在想什麼？這麼開心。」臺上的英文老師孫娜好笑的皺起眉頭，上課睡覺的學生很多，但是像封這樣神遊到傻笑的人她還眞沒看過。

「啊、啊！沒有啦！」封回過神，這才意識到現在還在上英文課。

「她在想任學長啦！」旁邊的李佳惠酸溜溜地說，有些同學聽了也跟著起鬨。

「任學長？是任凱嗎？」孫娜雖然剛來這裡任教不久，但也有教二年級，而且任凱是學校裡的風雲人物，她自然知道。

「對啊，老師我跟妳說，最近任學長和封走得好近！」李佳惠的八卦話匣子一開，就沒人阻止得了。

班上同學開始七嘴八舌地討論起任凱和封的曖昧互動，當然也包含上禮拜兩人在二年級教室前的走廊摟摟抱抱一事，這件事情全校師生皆知。

封眞的是有苦說不出，那些看起來親密的行爲，其實都是因爲他們在躲避鬼學姊的襲擊，看不見阿飄的人根本不會明白。

不過，能和任凱傳緋聞也讓她莫名有種虛榮感。

「喔……所以任凱交了小女朋友嘍？」雖然不明顯，但孫娜的臉上的確閃過了一絲寂寞的神情。

「並不是女朋友。孫老師，我們繼續上課吧。」喬子宥不悅地出聲打斷眾人的議論。

「對，我們繼續上課。那封葉，妳就來回答習題一吧。」孫娜恢復平時的模樣，封哀號了一聲，上台寫完習題後，才開始在意起孫娜剛剛的奇怪反應，卻百思不得其解。

一下課，封便急匆匆地要往二年級教室跑去，打算告訴任凱她的發現，接著想到喬子宥現在也是「調查小組」的一員，所以又回來拉了喬子宥。

「妳們又要去找學長他們嗎？我也要去！」李佳惠這一次說什麼都要跟。

「佳惠，我們找學長的理由跟妳想像中的不一樣啦。」封連忙解釋，想趕快擺脫李佳惠。下課時間只有十分鐘，她必須快點去把事情告訴任凱他們。

「我不管，連討厭男生的子宥都去了，爲什麼不帶我一起！」李佳惠固執起來，她討厭每次都被排除在外。

雙方僵持不下，時間一分一秒過去，最後喬子宥嘆了口氣，「就一起去吧。」

「可是……」

「可是什麼？封，妳是不是不想讓我認識學長他們，怕他們會喜歡上我而疏遠妳？」李佳惠抬起下巴。

「啊？妳在說什麼？」封簡直快要昏倒。

喬子宥不想再浪費時間，直接拉著兩人往樓梯走去。「再不快點就要上課了，走吧。」

阿谷和任凱站在二年級教室的走廊邊討論事情，而這個畫面相當難得，今天阿谷和任凱都在學校裡上了超過三節課，還沒有遲到。為此，盧教官感到十分不可思議，時不時就上來巡一下。

「盧老頭，我今天不打算蹺課，您老人家就別爬上爬下了，小心膝蓋啊！」阿谷朝站在一樓抓頭的盧教官喊。

「死小鬼！」盧教官洪亮的聲音傳來，阿谷竊笑。

「學長！」封喊了聲，任凱和阿谷回過頭，卻看見生面孔李佳惠。

「這是我朋友李佳惠，介紹一下哈哈……」封乾笑著，李佳惠立刻從她和喬子宥中間鑽出來。

「學長，我是李佳惠，叫我佳惠就好，我和封還有子宥是最好的朋友喔！」

任凱只是皺眉看著封，臉上的神情明顯傳達出他的想法：現在是在演哪一齣？

「喔，既然是小瘋子的朋友，想必一樣瘋嘍？」阿谷則是輕挑地笑著。

「哪有，子宥很聰明啊！」封跳出來幫喬子宥說話，還義正詞嚴的，根本沒意識到這話是在損她，讓任凱和阿谷都爆笑出聲。

「妳有什麼事情？」任凱的目光在封和喬子宥的臉上來回，完全忽略了李佳惠，自尊心強的她無法接受，漲紅著臉在一旁生悶氣。

「嗯……這個……」封看了李佳惠一眼，有些尷尬。這件事不能在李佳惠面前說，因爲不能讓她知道。

氣氛有些怪異，李佳惠發覺其他四人都看著她，好像她是什麼多餘的存在。她實在是氣不過，憑什麼喬子宥和封跟兩位學長熟識後，就要將她撇下？

「算了算了！我先回去了！」李佳惠頭也不回的快步往樓下跑去。

「佳惠……」封想追過去，但心裡著實鬆了一口氣。

「現在不是時候。」喬子宥搖頭，李佳惠一心只想和帥哥學長交朋友，卻不知道他們被捲入了怎樣的事件。

「麻煩鬼終於走了。到底啥事？」阿谷雙手手肘撐在後面的牆壁上。

「對，我發現了一件事！」封拿出手機，將螢幕解鎖，朝向他們三個人。「你們絕對不會相信，張阿姨以前居然在德新待過！」

螢幕上是「全台可愛制服」的網頁，畫面停在德新的頁面上，上頭有張秀娟的照片。

「德新眞是誇張，連保健室老師都有制服。好看是好看啦，但是張阿姨穿蘇格蘭窄裙眞的有點奇怪。」封忍不住評論，暗自心想不過總比百褶裙好一些。

「張阿姨是誰？」阿谷只有在撞倒封那時去過保健室，並不清楚誰是張秀娟。

「就是保健室的阿姨。我記得她才來我們學校服務沒多久，原來之前是在德新……但這有什麼關聯嗎？」喬子宥托著下巴，疑惑地看著封，只見她搖搖手指，發出嘖嘖聲。

「如果被欺負，身上一定多少會有傷吧？那就會去保健室啦！」

「妳傻子喔，每天受傷的人這麼多，誰會記得名字？而且被欺負的人就算受傷，通常也不會去保健室。」任凱覺得眞是敗給她了。

「爲什麼？」封怪叫。

「怕被欺負得更慘啊！一旦被詢問原因，那事情不是就會曝光？被欺負的人多半會害怕因此被欺負得更慘，所以不會去醫院，也不會去保健室。」任凱是以常理來說。

「這麼說也對……但我覺得去問問張阿姨也沒關係吧，有問有希望，死馬當活馬醫。」

「這句話是這樣用的嗎？」阿谷感覺封最後那句俗話用得不太對。

「那我們快去吧。」喬子宥轉過身就要往另一邊的樓梯走去，另外三人也跟上，「搞不好張阿姨還會知道鬼學姊的身分。」

「也不是沒有可能。」任凱同意。

「喬子宥，谷宇非，正好，你們過來幫一下忙。」走沒幾步，他們就遇到了體育老師。

「老師，我們現在……」喬子宥想要拒絕，卻被任凱打斷。

「沒關係，我跟花栗鼠去就可以了。如果眞有情報，太多人反而套不出來。」

喬子宥和阿谷對看一眼，點頭認同，「那就交給你們了。」

「我希望今天以後就不會再發生靈異事件。」阿谷語重心長，和喬子宥一起跟著體育老師下樓。

「找子宥我還明白，但是爲什麼體育老師也會找阿谷啊？」封走在任凱後面，疑惑地問。

「因爲阿谷是學校的王牌。」

「王牌？」封反應不過來。

任凱轉過頭笑著說：「我就知道妳一定沒發現。不然阿谷這麼愛蹺課，成績又這麼差，爲什麼沒被退學或是記過？」

「我不知道耶……」封還以爲是因爲很受歡迎的關係，不過這個理由她死都不會說出口。「那你呢？你成績很好嗎？」

「拜託。」任凱笑得更愉快了，「妳到底有沒有在看榜單啊？」

對話還沒結束，兩人已經來到保健室前，正巧看見張秀娟要走進去。

「你們兩個誰又受傷了啊？」張秀娟說著，目光在封的身上打轉。

封連忙搖頭並擺了擺手，「張阿姨，我們是有事情想要請教妳啦。」

「問我？很急嗎？已經快打鐘嘍。」

「我們想問關於德新的事情。」任凱這話一出，張秀娟的表情瞬間變得僵硬，此時鐘聲響起。

直到八聲鐘響打完後，張秀娟才吐了口氣，將保健室的門打開，「進來吧。」

任凱和封踏進保健室，裡面充斥著淡淡的消毒水氣味，以及從花圃那裡飄來的隱約花香。封下意識地靠近任凱一些，不想去看那張曾讓她撞鬼的床鋪。

「你們要問什麼事情？」張秀娟的臉色不是很好，這讓任凱覺得有些奇怪。他都還沒有說是什麼事，爲什麼張秀娟會是這種反應？

「張阿姨，妳以前在德新當過保健老師對吧？我們想請問，妳有沒有看過什麼可疑……可能被欺負，或者是有自殺傾向的學生呢？」封絲毫沒發現不對勁，劈頭就講重點。

張秀娟神色一凜，和平時笑咪咪的模樣有極大的差別。

「張阿姨?」封小心翼翼地喚了一聲。

「德新每年都有人自殺，每年都有人來保健室和我訴苦，但我什麼忙都幫不上。」張秀娟的臉色更難看了，「我本來以爲到了那裡就可以幫上忙，最後卻發覺無能爲力，反而更加自責當初爲什麼……算了，這也是我離開的原因。」

任凱和封雖然不完全明白她的話，卻都沉默了。面對深陷於水深火熱之中的學生，很多時候輔導老師和保健老師也幫不上忙，只能眼睜睜看著前一天才來訴苦過的學生，只隔一天就成爲冰冷的屍體。

無論有多想拯救他們，還是敵不過死神的引誘。

心力交瘁之下，張秀娟終究選擇了離開，她無法在那個地方再次見到死亡。

「張阿姨，德新的自殺率高，是因爲升學壓力，還是因爲霸凌事件?」封咬著下唇，又開口問。她一想到那本筆記本裡的內容，心中就一陣糾結。

「升學率高來自老師和家長的高度要求，因此讀書壓力自然也大。有人能夠與壓力共存，或是想辦法紓解壓力，而紓解不了的就……」張秀娟別過頭，深深吸了一口氣，令封有種她的模樣瞬間衰老許多的錯覺。

「那請問妳記得彭禹惠、藍映潔、方怡涵這三個人嗎?」

張秀娟的眼神忽然變得輕藐，「記得，漂亮的團體，還有紀崴跟李瑄吧。」

任凱和封瞪大眼睛，沒想到會意外得知另外兩個人的名字。

「張阿姨！她們之間是不是存在著霸凌的情況？很嚴重、很慘的那種……」封追問，握緊的雙拳微微顫抖。

然而張秀娟只是看著遠方，沒有回答。

「我們知道了。封，回去吧。」任凱站起身。

「我問最後一個問題就好。張阿姨，在妳的記憶裡，德新自殺的學生之中，有是跳樓身亡，黑色長髮及腰的女孩子嗎？」封比劃著頭髮長度。

「沒有印象。應該說，很多消失的生命都是類似這樣的外表。」張秀娟依然看著遠處。

「封，妳講得太籠統了。我們走吧。」任凱催促。他們連鬼學姊的五官都看不清楚，要怎麼去查她的身分？

「等等啦，我記得……對了，她胸前的口袋繡了一朵小花，雖然不太確定，但我想應該是用黑色的線縫成五瓣花的樣子。張阿姨，妳見過這個特徵嗎？」

「妳看得那麼仔細？」任凱拉過封的手，在她耳邊低語。

「嗯，其實我第一次就發現了，因為我記得德新的制服口袋上沒有那種花樣，所以才特別有印象。」封也配合著壓低聲音。

任凱有些驚訝，封只見過鬼學姊幾次，卻能注意到如此細微的地方，雖然都是關於制服方面的，但有這樣的觀察力倒也挺有用。

「黑色小花……」張秀娟喃喃自語，忽然站起來往後退了一大步，撞落了後方櫺子上裝著棉花球的盒子，棉花球灑落一地。

「啊！」封趕緊過去幫忙撿起來，但張秀娟繼續愣愣地往後退，櫺子上的棉花棒以及衛生紙盒也被撞掉到地上。

「張阿姨？」封抬起頭，發現張秀娟雙眼瞪得大大的，臉上充滿著驚訝、懊悔等複雜的情緒，她的嘴巴一開一闔，像是要說什麼，卻沒發出任何聲音。

「張阿姨，妳知道這個學生嗎？」任凱立刻走到封的身邊，凝視著張秀娟。

「我不知道，什麼都不知道！你們走吧！」張秀娟猛地轉身面對床鋪，揮著手趕他們離開。

「張……」封想要追問，卻被任凱拉住，「學長！」

「那我們回去上課了。」任凱緊緊抓著封，當他們離開保健室的時候，張秀娟仍然沒有回頭。

「為什麼不讓我問？」封沒好氣的開口。

「她不會說的。」任凱淡淡說。

「你不問又怎麼會知道！」封十分懊惱，剛才明明差一點就可以知道鬼學姊的身分了。

「妳沒看見張阿姨的樣子明顯是在逃避嗎？」任凱左右張望了下，壓低聲音，

「她一定知道鬼學姊是誰，但是她不說，我們又能怎樣？」

封鼓著腮幫子，卻不得不承認任凱說的沒錯，「那我們不就沒法得知鬼學姊的身分了嗎？」

「這也不一定，如果張阿姨知道的話，那肯定是她還待在德新時見過的學生。」

封眼睛一亮，「也就是說，只要找出在張阿姨任職期間跳樓自殺的女學生名單，就有可能得知鬼學姊的眞實身分了！」

任凱滿意地笑了笑，「沒錯，眞難得妳……」話還沒說完，一陣寒氣瞬間襲捲而來，溫度低得讓封都馬上感覺到不對。

「學長！」周圍溫度變低已經是鬼出現之前的必經過程，因此封下意識抓住任凱的手。

「嗚……」任凱的眼窩劇烈疼痛起來，這同樣是鬼魂出現的前兆，每次疼痛的程度都不同。

兩人站在一、二樓的樓梯間，封攙扶著任凱，發覺背後有東西抓住了她的肩膀。但她的後面就是欄杆了，怎麼會有人？

「學長學長學長！」封驚慌地連聲驚叫，任凱也感受到從後方傳來的冰冷氣息以及惡意。

「我們已經在找了，就快找到妳了！」任凱大吼，強忍眼窩的痛楚抱住封往旁邊一倒。

說時遲那時快，一道黑影從兩人身邊飛過，狠狠撞上一邊的牆壁。

「呀！」封尖叫，她已經看清楚那是鬼學姊。

鬼學姊全身不自然地扭曲，朝著他們獰笑。

「妳搞什麼鬼？我們都已經在幫忙了！」任凱氣得大吼，要不是他們險險閃過，就會被鬼學姊推到樓梯下了。

「學長，不要激怒她啊……」封覺得任凱簡直是不要命了，居然跟鬼嗆聲。她很怕鬼學姊一個不爽就衝過來將他們撕碎。

「不是找我！是找她！找她！找她！」鬼學姊尖聲喊著，聲音彷彿能穿透耳膜，任凱眼窩劇痛，再加上尖叫聲震耳欲聾，讓他覺得自己已經快要承受不住而暈眩過去。封發現他的臉色很難看，而持續不斷的尖叫聲也讓她快要撐不住了。

「不要再叫了！」她摀住耳朵大喊，一陣狂風忽然從陽臺外掃過來，捲上鬼學姊的身體。

「呀——」鬼學姊尖叫，「走開！」她飛到陽臺的欄杆邊，往外一跳，那陣奇異的風在陽光的照射下，似乎反射出淡淡白光，也追著鬼學姊而去。

四周再次恢復平靜，只剩下外面枝頭上小鳥的啁啾聲。

任凱的眼窩不再疼痛，但他瞪大眼睛看著懷裡的封。「妳到底是怎麼控制風的？」

「控制？我、我沒有啊……」封自己也莫名其妙，回答之後卻心虛起來，最後「哇」的一聲哭了，「我也不知道爲什麼我明明受傷了卻完全沒事，還有那種詭異的風爲什麼老是會出現……我眞的不知道！」

任凱抱緊不停顫抖的封，輕輕拍著她的背，他其實也明白封自己根本不知道原因。

此時，他忽然感覺到有視線落在他們身上，於是從陽臺看出去，見到校園裡的某處綠蔭底下站著一個戴著墨鏡的蒼白女人。她穿著黑色皮衣與皮褲，腳上套著黑色皮靴，一頭長髮也是黑色。

那女人便是任凱之前在遊樂園時瞧見的人，而他突然想起，在萬伯襲擊他們的那個夜晚，那個女人也是突然就出現了。

女人的嘴角帶著神祕的笑意，因爲戴著墨鏡加上雙方距離很遠，任凱看不太清楚她的神情，但光是那笑容就足以令人戰慄。

「妳是誰？」任凱不自覺地喊出來。

「什麼？」封疑惑地問，任凱分神看了她一眼，再次抬起目光時，女人已經消失無蹤。

「不見了……」

「什麼？是鬼嗎？」封緊張起來，又往任凱懷裡縮。

任凱瞇著眼睛，放棄搜尋女人的身影，但他明白這代表有人在監視他們。是監視他，還是監視封？

「總歸來說，是那陣風救了我們，而且還救了好幾次，所以就算搞不清楚原因也沒關係的。」他輕柔地撫摸封的頭髮。

封感到很安心，抿著嘴笑了，「好像只要我遇到危險，那陣風就會出現呢。」

只要封遭遇危機，那陣奇妙的風就會出現保護她？

任凱思索著，要是封能主動控制的話，那應該會很不得了。

難道這就是那個女人一直監視著他們的原因？為了封的能力？

他忽然兩手緊抓著封的肩膀，認眞凝視她，看得封臉紅心跳起來。

「封葉，這個能力妳千萬不要跟別人說。」

任凱第一次叫她的全名。

「嗯……我也不知道能跟誰說，不過我想跟爸媽討論一下。」

「絕對不行！」任凱忽然有些激動地說，讓封愣了一下，「父母通常會無條件相信子女所說的話，但前提是，子女說的話絕對不能不正常。」

可是……她的爸媽好像隱瞞著些什麼……

這個想法封並沒有說出口，她只是看著神情嚴肅的任凱，默默點了點頭。

見封答應下來，任凱鬆了口氣，思緒飄回很久以前。

任炎也曾經說自己看得見鬼，那時候幾乎沒有人相信，連最親近任炎的他都不願意相信。

而現在他信了，但也來不及了。

任炎已經死了。

「你們在這邊做什麼？」一個聲音傳來，讓兩人回過神，封反射性用力推開了任凱，讓任凱整個人往牆上撞去。

「哇靠！」任凱痛呼一聲。

「學長，對不起！」

「不是上課了嗎？」兩人這才往來人的方向看去，一雙纖細的腿踩著高跟鞋走下來，臉上充滿困惑與不可思議。

「孫老師……」見到是孫娜，他們稍微鬆了口氣，封扶著任凱，孫娜的目光定格在她的動作上。

「我們剛剛去保健室，現在要回教室了。」任凱解釋，不忘瞪封一眼。

孫娜卻皺起秀眉，「封葉的教室不是在一樓嗎？」

「喔，對，所以我要回去了！」封趕緊走下樓梯，她本來回頭想跟孫娜及任凱說再見，但看見任凱時臉上忽然一陣燥熱，最後什麼也沒說就離開了。

她一邊跑回教室，一邊回想著孫娜的表情，這位老師彷彿受到了打擊一樣。她知道任凱很受歡迎，但總不會連新來的老師也喜歡他吧？

封撇開這不可思議的想法，三步併作兩步跑回教室去。

「那孫老師，我也回教室了。」任凱禮貌地微笑。孫娜和凌然屬於同一個類型，一樣美麗動人，但現在他只想快點回到教室好好思索剛剛發生的事情，沒有心情和孫娜攀談。

「任凱。」當他正要離開的時候，孫娜開口了。

「怎麼了？」

「你和封葉在交往嗎？」她認眞地問。

「啊？」任凱完全沒料到孫娜會問這樣的問題。「當然沒有。」

「那谷宇非呢？」孫娜接下來的話更是讓他始料未及。怎麼會扯上阿谷？

「我想大概沒人有辦法跟那隻花栗鼠交往吧。孫老師，妳放心，我和阿谷不會帶壞小學妹的。」說完，任凱大笑著離開。

孫娜鬆了一口氣，嘴角勾起微笑，踩著輕鬆的腳步往樓下走。

封回到教室的時候，課已經上了一半，臺上的老師生氣地質問她去了哪裡，她老實地說和任凱去了保健室。

班上同學又開始起鬨，而李佳惠還在生氣，看都沒看她一眼。下課後，封告訴喬子宥，說張秀娟知道鬼學姊的眞實身分，但她還沒有講到又遇見鬼學姊的事，教室裡便一陣騷動。

「任凱來了。」喬子宥朝窗外抬了抬下巴，幾個女生小聲尖叫著，毫不掩飾地直盯著任凱。

「封。」早已習慣這種目光的任凱絲毫不在意，喚了封一聲。

「妳先過去吧，有新狀況再跟我說。」喬子宥拍拍封的肩膀。

「那妳呢？」封問，畢竟兩人現在是在同一條船上。

「我又去的話，佳惠豈不是會更生氣？」喬子宥實在受不了明明生著氣卻又不斷往這裡看的李佳惠，只得決定留下。

「那好吧，等事情告一段落後，我們再跟佳惠解釋。」封停頓了一下，「還是妳覺得把事情都告訴她會比較好？」

喬子宥難得對她翻了個大白眼，「天眞，妳快去找任凱吧。」

嗚……怎麼自從子宥和任凱學長他們變熟以後，也開始對我沒耐性了？封沮喪地心想，走出教室，跟在任凱後面走上樓梯。

喬子宥回過身，看見李佳惠一臉古怪的看著她。

「妳爲什麼心平氣和？」

喬子宥一時沒有會意過來。

「妳以前不是很討厭學長接近封嗎？爲什麼現在卻接受封和學長這麼親密？」李佳惠插著腰，表面上看起來像是在爲自己的好友打抱不平，可是喬子宥明白，李佳惠只是不滿封得到了任凱的關注，自己卻被冷眼以對。

「有很多原因。」她輕描淡寫地回應。

「妳要跟我解釋啊！」李佳惠拉著喬子宥的手，不高興地大吼，「把我一個人排除在外是什麼意思！」

「妳不要無理取鬧，很無聊。」喬子宥本來覺得李佳惠喜歡帥哥無傷大雅，此刻卻感到相當厭煩。她和封可是在跟鬼學姊搶時間，不是在和學長談戀愛。

「沛亞離開後就剩我們三個，妳們怎麼可以把我當外人！」李佳惠生氣地喊，聲音大得讓全班都能聽見。

「李佳惠，不要把沛亞扯進來！」喬子宥忍無可忍，「妳不是在乎我們把妳撇下，只是嫉妒和學長打成一片的封！」

被戳中痛處的李佳惠漲紅著臉，咬牙切齒，「好！妳很好！」她丟下這句話，怒氣沖沖的離開教室。

其他同學都假裝沒注意到這回事，繼續聊自己的天、做自己的事。

喬子宥嘆了口氣，她本來明明是想要安撫李佳惠的。

對於任凱和封之間的關係，她也很在意，但當務之急是解決鬼學姊的事情，不然所有人小命都不保。

忽然間，她感受到一道視線，於是抬起頭，只見一個黑影消失在門口。

有人在看著她。雖不知道是誰，但至少能確定是人。

喬子宥無力地靠在椅背上，只希望事情能快點解決。

李瑄家是獨棟的洋房，外牆以白色爲基調，間或點綴著一些紅色的磚石，設計上融合了復古與現代風格，是一間非常美麗的房子。

紀崴一行人就站在洋房外，紀崴手插著腰，蘇格蘭裙在風中飄揚，藍映潔雙手握拳站在一派輕鬆的她旁邊，另外兩人則畏縮地躲在藍映潔身後，看著緊閉的二樓窗戶。

「李——瑄——我們來嘍！」紀崴扯開嗓子愉快地喊。

「不要這樣啦……」彭禹惠小聲說。

「我們以前不都是這樣嗎？四個人搭著肩，一起進去李瑄家裡，玩很多有趣的遊戲。」紀崴揚起迷人的笑容，雙手搭上左右兩人的肩膀，「禹惠，妳快拿出手機啊，從進去開始就要錄影，妳忘了嗎？」

「紀崴……」彭禹惠眼眶蓄滿淚水，「我已經……」

「可以啊，那放過李瑄，換妳？」

「我不要！」彭禹惠嚇得大喊。

被搭著肩的藍映潔和方怡涵不敢吭聲，咬著下唇不發一語。只要別是自己就好，所有人都這樣想著。

「所以？」紀崴微笑。

彭禹惠恐懼得流下眼淚，但還是拿出手機，顫抖著手按下錄影程式，站到一邊，像以前一樣擔任掌鏡人的角色。

「我們、我們現在來到、這、這裡了，按電鈴，要開始玩遊戲了……」她抖著嗓音，淚流滿面，「紀崴……看鏡頭，我們要開始，玩遊戲了……」

紀崴露出一個溫柔的笑容，「我好期待呢。」

她那雙腥紅的眼睛裡，充滿了殺意。

她們來過李瑄的家好幾次，一樓的擺設十分整齊，看得出來家裡有細心的女主人在打理。

紀崴熟門熟路地走到右側最底端，光著腳丫踩上冰冷的大理石樓梯，喊著：

「李瑄，我們來嘍，要躲好喔！」

後頭三個人不知道該不該跟著上樓，方怡涵猶豫再三，最後還是跟著走上去，彭禹惠見狀也立刻跟上，手上的手機持續錄影著。

「映潔？」紀崴的聲音傳來，方怡涵和彭禹惠也回頭驚恐地望著藍映潔，於是她只能選擇跟隨。

李瑄的房間在二樓角落，房門是木頭材質，被漆成了白色。紀崴轉動門把，發現打不開，便笑著靠近門邊說：「李瑄，幹麼鎖門啊？」

接著她輕輕一扭，門把整個脫落。

「啊……」彭禹惠驚呼，紀崴轉頭看著她，她立刻摀住自己的嘴巴。

「遊戲開始嘍。」紀崴推開門，帶著燦爛無比的笑容。

李瑄的房裡非常凌亂，窗簾與枕頭都被割破了，棉花與羽毛散落一地，李瑄本人則縮在角落瑟瑟發抖。

她頂著一頭凌亂的短髮，神情驚恐，絕望地喃喃道：「對不起、對不起……」

「妳道歉的時候最可愛了。」紀崴貪婪地笑著，一個眼神掃過後面的同夥，藍映潔和方怡涵戰戰兢兢地緩緩走到李瑄身邊。

「不要啊！不要！」李瑄發狂地吶喊，拿起球棒胡亂揮舞。

「呀！」藍映潔兩人險些被打到，連忙往後退了一大步。

「嘖嘖，不乖。」紀崴皺著眉頭朝李瑄走去，所有人自動往旁邊讓開。

「不要過來！呀！不要過來！」李瑄尖叫，豁出去似的猛力揮動著手上的球棒，紀崴卻完全沒有遲疑，也沒有停下腳步，亂舞的球棒就這樣不偏不倚地打中她的右頰。

李瑄見狀驚愕不已，趕緊丟掉手上的球棒，看著依舊站得筆直，頭卻被打得轉向左邊的紀崴。

「我……我……」她說不出完整的話。

方怡涵拚命摀著嘴才不致於尖叫出聲，彭禹惠則顫抖著將手機鏡頭轉往地板上，拍著彎曲的球棒。

「李瑄……」紀崴勾起笑容，將頭慢慢轉回來，沒事人似的活動脖頸，「看來妳眞的需要好好教育一下了。」

「啊——」李瑄尖叫，藍映潔連忙過去擋在她和紀崴之間。

「紀崴，已經夠了，可以了，我們欺負她夠久了……可不可以放過她？」她的眼眶裡都是淚水，雖然很害怕，但她還是站了出來。

「可是她用球棒打我耶。」紀嵗歪頭。

「妳沒有受傷啊！」藍映潔高聲說，她沒有忽略紀嵗那毫髮無傷的臉頰，以及地板上彎曲的鐵製球棒。

紀嵗她……是「什麼」？

她從什麼時候開始變成了「那種東西」？

「我是沒受傷。」紀嵗露出懾人心魂的美麗笑容，一隻手輕輕一推便將藍映潔推到了床上。

「但是妳就要受傷了，李瑄。」她雙眼通紅，嘴角向臉龐兩側裂開，露出兩排尖銳的牙齒，似乎只要輕輕一碰就會被那利齒撕裂。

「求求妳……放過我……」李瑄臉上沾滿淚水，「對不起，對不起……」

「妳哭的時候最美了。」紀嵗說，然後猛地將李瑄拉起來從窗戶推下去。

時間彷彿停滯在那瞬間，滿臉驚恐的李瑄像是停留在半空中，漂亮的大眼睛裡湧出的淚珠也在空中凝滯。她張大了嘴，兩隻白皙的手臂拚命揮舞。

她「救命」的「救」字都還沒說完，一聲巨響便傳來，像是盆栽被打破的聲音，只是更加沉重。

「不要！」藍映潔跳起來衝到窗邊，只看見李瑄倒臥在一樓的水泥地上，周圍沒有血，身體也沒有扭曲，就好像睡著了一般，靜靜躺在那裡。

「很像睡美人吧？」紀崴雙手搭在藍映潔的肩上，在她耳邊輕聲說。

「妳殺了她！妳殺了她！」彭禹惠好不容易回過神，立刻尖叫起來，晃著手中的手機，「我有證據，紀崴妳殺了李瑄！殺了她！」

「禹惠！不要……」方怡涵想要阻止，但來不及了，紀崴已經轉過身快步走到她們面前。

「呀！」她只能尖叫著向後退。

「證據？」紀崴一把搶過手機，五指一捏，手機便像黏土一般被捏成了一個鐵球，「恭喜妳，妳現在也要受傷了。」

「不……」彭禹惠張大嘴巴，卻叫不出聲音，她的脖子被紀崴牢牢掐住，舉了起來，雙腳離地。

空氣進不來，聲音也出不去，她感覺鼻腔及嘴裡很快充滿液體，而舌頭阻擋住了那些液體。

「呀——」方怡涵放聲尖叫，下一秒，紀崴放開雙眼凸出的彭禹惠，讓她直直摔落到地板上。

「不要、不要！」方怡涵哭了起來，馬上想逃離這個房間，紀崴卻以更快的速度擋住門口。「放過我！求求妳！」

看著方怡涵恐懼的模樣，紀崴只是冷笑著，伸出手輕輕擦去她的眼淚，「膽小怕事的牆頭草，風往哪吹就往哪倒……只要不是自己，隨便誰都好……」

方怡涵明白紀崴的意思什麼，可是她沒有辦法，人本來就是自私的，所以班上誰強勢，她就依附誰。這是生存本能，她覺得自己不該被責怪。

物競天擇，懦弱、愚笨的人被強者控制，她只不過是攀附強者而已啊！

可是面對如此恐怖的紀崴，她什麼也說不出口，只能眼睜睜看著紀崴的手朝自己的胸口伸過來，就這樣刺穿她的心臟。

紀崴抽回血淋淋的手，方怡涵倒向地板。紀崴將她輕輕踢開，眨著眼睛，長長的睫毛搧呀搧的，神情無辜，接著抬起頭看向依然站在窗邊的藍映潔。

「我知道妳想做什麼。」她抖著嗓音，勉力表現得堅強。

「映潔，我從以前就知道妳最勇敢，妳不是聽命去欺負人，而是依照自己的想法行事，我眞的很欣賞妳，心狠、殘忍。」紀崴將手上的鮮血抹在自己潔白的制服襯衫上，「所以當我看見妳居然爲了李瑄而反抗我時，我好興奮。」

「興奮？」藍映潔不敢相信自己的耳朵。

「我喜歡看李瑄哭喊求饒、我喜歡看妳爲人挺身而出。」紀崴瞬間來到她的面前，「那樣會讓我好想毀掉妳們！」

她腥紅的雙眼熠熠發光，手一推，藍映潔便和李瑄一樣從二樓直落而下，後腦撞到水泥地上，身體的一部分疊在李瑄身上。

紀崴哈哈大笑，笑彎了腰，臉孔扭曲起來，背後雪白的牆上映出她的影子。

尖爪、長髮、長耳。

和她的形體完全不符的詭異影子。

第八章

「妳醒了！」

李瑄睜開眼睛，發現自己躺在房間的床上。

站在一旁的藍映潔眼底都是焦急，「沒事吧？」

她在藍映潔的攙扶下坐起身，狐疑地看了一眼縮在角落發抖的彭禹惠，以及呆滯的方怡涵，瞬間明白了是怎麼回事。

「她『又』殺了我們一次……」

其他人聞言，都驚恐地瞪大眼睛。

這不是她們第一次被紀崴殺死，不是她們第一次體驗到死前的恐懼。

紀崴帶來的死亡威脅如此眞實，那疼痛與絕望無比鮮明，但就像一場夢境一樣，醒來後什麼也沒有留下，連時間都沒有流逝，好像只是發生在須臾之間。

「那是幻覺，她給我們的幻覺……」李瑄咬著下唇，她心中憤恨不平，卻只能落淚。

「我不想再經歷任何一次了，這比眞的死還難受！」彭禹惠幾乎是尖叫著說。

剛剛是被掐死，上次是淹死，上上次是摔斷脖子而死，她已經記不清自己還體驗過怎樣的死法。

「妳為什麼要激怒她！妳只要乖乖地去上課，就不會連累我們一起受苦！」被活生生穿過心臟的方怡涵厲聲說。她的死法總是特別痛苦，被火燒、被割喉，就算是幻覺，疼痛仍是眞實的。

「方怡涵！妳說那什麼話？」藍映潔站起來，怒氣沖沖。

「我有說錯嗎？只要李瑄去學校上課，我們就不用老是來她家找她，也不用在學校代替她成為紀崴欺負的對象！」方怡涵怒吼，她深怕有一天紀崴會眞的殺掉她們。

「妳們別再吵了！等等被紀崴聽到……」

「哎呀，內鬨了啊？」彭禹惠話還沒說完，紀崴已經端著茶點出現，微笑著站在房門口。「李瑄，妳媽媽剛回來，這是她準備給我們的唷。」

李瑄瞪大眼睛，「妳、妳沒對我媽媽……做什麼吧？」

「我能做什麼？」紀崴失笑，將茶點放在小桌子上，「妳媽媽很擔心妳，說妳都不去學校，好像在害怕著什麼。李瑄，妳在怕什麼呢？學校有什麼會讓妳害怕的東西嗎？」

望著紀崴天眞的笑顏，四人不寒而慄。李瑄覺得她的世界已經徹底崩毀了，她求生不能、求死不得，只能看著紀崴的臉色過活。

「我已經答應妳媽媽，一定帶妳去參加週六的校慶。」紀崴甜甜地說。

「我不要去學校！不要！」李瑄坐在床上猛搖頭，「求求妳放過我吧，已經夠了吧，我……」

紀崴逕自從口袋中抽出幾張照片，在李瑄面前展示，李瑄頓時傻住，「這些照片拍得可眞美，是吧，禹惠？」

站在角落的彭禹惠緊咬著下唇，微微點頭。

背景在廁所，畫面上是全身衣服被脫去，雙手分別被藍映潔和方怡涵抓住的李瑄。

紀崴從頭到尾都沒有動手，只是站在門邊輕笑著，指示其他三人行動。她不理會李瑄的哭喊求饒，就這樣命彭禹惠拍下一張張不堪入目的照片。

「還給我！」李瑄尖叫著想搶回，紀崴往後輕輕跨了一步，李瑄從床上跌下來，面龐直接撞向地板。

「李瑄……」藍映潔有些不忍，卻不敢上前攙扶。

「還給我、還給我！我已經道歉了，爲什麼不放過我……」李瑄雙手握拳顫抖著，趴在地上啜泣，萬分不甘心。

「如果妳來參加校慶，我就把照片還妳。」紀崴拾起地上的書包。「否則，我等等下去的時候就順便把照片交給妳媽媽。」

李瑄抬起滿是淚痕的臉，「求妳……」

「那就禮拜六見。」紀崴微笑，婀娜地轉身往門口走去。

方怡涵立刻拿起書包跟上，彭禹惠猶豫了一會兒，又看看趴在地上的李瑄一眼，接著也離開了。

藍映潔遲疑半晌，最後過去想扶起李瑄，卻被喝止。

「不要靠近我！」李瑄抬起頭，眼底滿是驚恐與憤怒，「妳們這些背叛者！」

聞言，藍映潔伸出的手收了回來，站直身子，眼裡只有無盡的冰冷與失望，「妳最沒資格這樣說。」

然後她頭也不回的離去。

紀崴站在洋房外，等待著藍映潔歸隊。

她的眼底裡沒有一絲絲人類該有的情感，就像黑色的玻璃珠一樣，空洞地看著眼前一切。

自私自利、恐懼、猜疑，倚靠強勢的一方。人類如此骯髒，卻又如此惹人憐愛。

她笑著，如同那本筆記本裡所寫的一樣，那樣的美，彷彿來自地獄。

封一大早就被外面的走動聲吵醒，她睡眼惺忪的打開房門，看見父母正急急忙忙地整理家裡。

「有客人要來嗎？」

「妳幾點要出門？」封媽反問。

「我和學長他們約十點在公車站牌那裡。」封看了看時間，現在正好九點。

「有客人要來？」她又問了一次，因爲連平時總是半躺在沙發上看電視的爸爸都在擦拭矮櫃上面的擺飾。

「妳趕緊準備，快點出門。」封媽使用著吸塵器，嫌她礙手礙腳。

「幹麼不跟我說是誰要來？」封抱怨著，走進浴室刷牙洗臉。這期間她去客廳看過幾次，發現媽媽還打掃了廚房，而爸爸居然在擦只有過年前才會清理的窗戶。

所以她又問了一次，依舊沒得到回答。

抹了一點點腮紅和唇蜜後，封換上連身洋裝，背上側背包，踩著平底鞋，準備出門。

「封葉。」封爸叫住了她，「妳最近有沒有遇到什麼事情？」

聞言，封瞬間想到鬼學姊，不過還是搖了搖頭。

「妳快出門吧。」封媽嘆口氣，催促著她離開。

封完全是丈二金剛摸不著頭腦，又問了一次是誰要來，但父母仍只是打發她走。她走下樓，回頭張望了一下，步出家門外的小巷子時，一台黑色的加長禮車駛過身邊。

直到車子轉過彎消失不見後，封才往公車站牌衝去。

「遲到了遲到了！小瘋子，妳是住得最近的人欸！」遠遠看見封站在馬路對面，阿谷不耐煩地指著手錶，扯開嗓子。

「公車來了，封，快點！」穿著丹寧襯衫和刷白牛仔褲的喬子宥高喊。

「等等，等等！」跑得上氣不接下氣的封趕緊穿越馬路，卻忽然絆了一下。

「哇！」

眼看臉就要直接貼上水泥地，這時任凱及時扶住她，「白痴。」說出的話依舊一點也不溫柔。

「我好像被石頭絆到腳了……」封趕緊甩開任凱的手。

「根本沒有石頭好嗎？小瘋子，妳連走路都不會啊。」阿谷瞥了眼平坦的地面，率先上了公車。

「小心一點。」喬子宥拉過封，推著她往公車走去。

任凱看了看馬路，一雙雙小小的手不斷從地面伸出來又縮回去，試圖去拉經過的每一個人。

「學長，快點！」封在公車上喊。

「小聲一點啦。」阿谷說，但其實他的聲音也一樣大聲。

任凱無奈地搖著頭，上了公車便往後方走去。鬼學姊就坐在最後面的位子，看起來心情很好，難得沒有任何過分的舉動。

今天是德新的校慶。任凱捏緊背包中的筆記本，有種所有事情會在今日了結的預感。

德新的歷史比聖光還要悠久一些，校慶也辦得格外盛大。任凱他們才剛下公車，就看見印著「德新」兩字的大氣球飄浮在空中，再走近一些便可見到校內的建築物外牆上有布條垂掛下來，總共七條，分別是七種顏色，上面印著「歡迎光臨」、「德新五十五週年」等字樣。

穿著制服的女學生們站在校門口分發傳單，從校門一直到通往第一棟建築的路途上都有販售小點心和飲品的攤販，像是棉花糖、紅茶、飯糰等，也有人在發送學校簡章，好不熱鬧。

「哇！好棒喔！我們學校的校慶完全輸了。」封瞬間被吸引，她已經掏錢買了不少零食，將嘴巴塞得鼓鼓的。

「妹也輸了！隨便抓一個都比我們學校的漂亮！」阿谷看著一旁發著傳單的幾個女學生，似乎在懊悔沒有選擇就讀德新。

任凱則是眯眼環顧四周，強忍著眼窩的疼痛。

對，他們確實輸了，輸慘了。

德新的每棟建築上都黑壓壓的，爬滿了亡靈，全是歷年來在這裡自殺的學生，一樓中庭的地板與草地上覆蓋著一般人看不見的黑色血跡，疊了一層又一層。

自殺率為何如此之高？除了升學壓力外，是否還因為各種霸凌事件？

因為壓力，所以霸凌，因為霸凌，所以自殺。

如此不斷循環，讓德新蒙上沉重的黑暗。

這裡的亡靈們也是推手，讓陷入負面情緒漩渦的人無法走出來。亡靈矇住了他們的雙眼，在他們耳邊竊竊私語，說死亡是最輕鬆的路，令年輕學子們一個個踏上不歸路。

「學長？你怎麼了？」一陣清新的風拂來，帶走任凱額頭上的冷汗。封皺著眉頭問，嘴裡還咬著章魚燒。

「沒事。我們先去找那幾個學生吧。」他不自覺地露出溫柔的微笑，封雖然容易招鬼，但她的身上卻有一種舒服的氣場。

「令人不舒服……」

「可是又很喜歡……」

「矛盾、矛盾……」

「是兩極……」

「是瘟神……」

「衝突、對立……」

任凱沒有忽略，當他和封踏入德新校地的瞬間，所有亡靈都騷動起來，他們的竊竊私語清晰地傳入任凱耳裡，尤其是那兩個詞特別突兀。

「兩極」、「瘟神」。

即便不願承認，任凱也已經隱隱明白——

他就是瘟神。

任凱瞥了封一眼，雖然不知道兩極是什麼意思，但封的背景想必絕對沒那麼簡單。

「封。」他輕聲在封的耳畔說話，「妳現在能刮起風嗎？」

「我不是說了，我沒有辦法控制……」封小聲回應。

「那如果是情況危急時，妳有辦法控制嗎？」

「危急？現在有什麼東西嗎？」封最怕任凱忽然正經起來，這代表事態嚴重，因此她馬上緊張地東張西望。

「不要亂看！」任凱用力壓住封的頭。

「好痛！」封痛呼，兩人靠得如此近，在後面的阿谷及喬子宥看來，就像是一對小情侶在打情罵俏。

「喂喂喂，你們現在是？」阿谷忍不住出聲。

「等等，你們會不會覺得氣溫有點……」喬子宥警覺地靠近封和任凱。

四人都感受到這不尋常的變化，可是周遭的人毫無反應，似乎只有他們察覺到溫度的驟變。

眼窩再次劇痛起來，任凱往前方的樓梯看去，見到鬼學姊垂著雙手站在那裡凝望他們，接著朝樓上跑去。

「走這邊。」任凱拉著封就要往樓上衝。

「又看到什麼了？」阿谷認得任凱那種討人厭的表情——看到鬼的表情。

「是鬼學姊，她應該是要帶我們去找筆記本的主人。」

「我們就這樣跟去好嗎？如果是陷阱呢？」喬子宥謹慎地問，畢竟鬼學姊不只一次想要殺了他們。

「都來到德新了，時間應該就要到了。」任凱記得鬼學姊一直重複著「時間就要到了」這句話。

「什麼時間？」喬子宥問。

「我不知道，這是鬼學姊說了好幾次的話。」

「先別管那麼多，跟上去就是了，現在學校裡有這麼多人，又是大白天，不可能會發生什麼事吧。」封說完，一馬當先跑上樓。

「我覺得她一定忘了上次我們在走廊上被偷襲的事。」喬子宥站在原地，搖頭嘆氣。

「還有光天化日之下被附身的事。」任凱補充。

「好了啦，既然決定了就快走，小瘋子瘋也不是一兩天的事了。」阿谷也衝上樓梯。

任凱和喬子宥面面相覷。這兩個平常最怕鬼的傢伙現在怎麼衝得比誰都快？

四人來到二樓，走廊上擠滿了人。這裡是二年級教室，有經營咖啡廳、布置了鬼屋或是販賣手工藝品的班級，也有靜態展覽。

封站在交叉路口東張西望，「學長，再來要往哪走？」

連鬼學姊就在旁邊都看不見，還衝第一個？任凱心想，無奈搖頭，「從左邊的樓梯上去。」

鬼學姊走在樓梯上，她的腳底其實並沒有踩到地板，而是浮在半空中。

自從進來德新以後，鬼學姊就變得很安靜，而且還漸漸恢復成生前的容貌，至少她的眼睛都回到原本該待的地方了。

「我們現在是跟在鬼學姊後面嗎？」見任凱盯著前方空無一人的樓梯，阿谷忍不住直發抖。

「別吵。」喬子宥嘖了聲。

「三年級教室。」

鬼學姊停在樓梯口，說了這句話後便消失。

任凱往上走，三年級教室位於五樓。與樓下熱鬧的景象相反，這裡一片死寂，每間教室裡面都有零星幾個人，有的在看書，有的在睡覺，全都死氣沉沉。

「哇塞，看來德新的升學壓力真的很大，連校慶這天都有人在念書。」阿谷看見有其他學生，頓時安心了不少。

「我們必須先找出那幾個人。」任凱說。

「一個一個問嗎？」喬子宥大略數了一下，「這邊少說有十幾個班級。」

「等一下，那個是……任馨姊！」封朝出現在走廊另一頭的一名女孩揮手。

「哇！笨蛋！」

「妳白痴啊！」

任凱和阿谷不約而同大罵出聲，但任馨已經聽見封的聲音。她瞇眼從遠方徐步走來，打量著任凱。

「要來怎麼也不說？」穿著制服的她看起來就像洋娃娃一樣，配上那頭卷髮更加可愛。

「就……臨時想來。」任凱不敢看著任馨，阿谷也乖乖站好。

「任馨姊，我們是來找藍映潔那幾個人，請問她們的班級在哪裡？」封單刀直入。不管任凱他們到底爲什麼怕這個可愛的姊姊，問該校學生總是最快的方法。

「藍映潔那幾個……任凱，你老實說，到底是怎麼回事？」任馨雙手插腰，站姿是三七步。

「沒什麼。」任凱依然不願說清楚。

「任凱？」任馨臉上堆滿笑容，轉向阿谷，「谷宇非？」

「哇靠，大姊，別這樣叫我，我會怕。」他用手肘頂了頂任凱，「阿凱，你就老實跟任馨姊說吧。」

任凱不從，看不下去的封卻以極快的速度從他的背包裡抽出筆記本，直接交給了任馨。

「花栗鼠！」任凱沒料到她會來這招，完全來不及阻止。

「任馨姊，是這樣的。」封將事情一五一十告訴了任馨，從鬼學姊纏上他們開始，到前往遊樂園鬼屋，並發現這本筆記本爲止。

封不確定任馨知不知道任凱有陰陽眼，所以省略了這部分，可是任馨的目光屢次落在任凱的臉上，眼底不時閃過擔憂，因此封明白了，任馨也知道。

聽完整件事情後，任馨沒說什麼，甚至連筆記本都沒有翻開便還給任凱。

「跟我來吧。」她轉過身，逕自向前走去。

「她怎麼沒有問東問西？」阿谷只是用氣音發問，根本沒有回頭的任馨卻聽見了。

「阿谷，你現在是？」

「沒事沒事！」阿谷連忙搖頭，縮到任凱後面。

封暗暗佩服起眼前這個比自己還矮卻霸氣十足的女孩，她覺得自己眞應該跟任馨學個幾招，這樣隨便一句話就能把阿谷嚇得半死。

「她們的班級在前面。」任馨在轉角處停下來，「我就不陪你們過去了。」

「好。」任凱正要繼續往前走，但任馨拉住了他。

「那裡有點奇怪，有不好的東西。」她的表情很認眞。

「我知道。」任凱頓了好一會才回答。

他們四人往那裡走去，封回頭看見任馨站在原處，一動也不動，表情滿是擔憂。

「你姊姊也……看得見鬼？」封小聲問。

「不，她看不見。」任凱回答。

「那她爲什麼那樣說？」

「她只能察覺到一些異狀，比普通人敏感些而已，除此之外，她什麼都看不到。」任凱頓了頓，「但她是部活百科。」

「什麼意思？」

封的疑問還沒得到解答，任凱就忽然停下腳步，摀著自己的眼睛。一陣劇痛猛然襲向他，鬼學姊翩然出現在最近的那間教室門口，帶著笑容指向教室裡。

「時間到了。」她說。

「妳們跟在我後面。」任凱將兩個女生往自己身後拉，又扯住也想躲到他背後的阿谷，「你和我一起站前面。」

「爲什麼！」阿谷忍不住抗議。

「沒有爲什麼。」任凱比了個噤聲的手勢。

他們躲在門口的一側往教室裡偷看，裡頭燈光閃爍，只有五個女生在。

「那不是……」封認出其中三個正是那天在遊樂園遇到的女孩。

「看來就是藍映潔她們了。」沒想到會這麼巧。任凱仔細回想她們當時說過的話，其中確實曾提到她們以前也去過遊樂園。

站在窗邊，有著一頭波浪卷長髮的那名女孩面帶微笑，看著蹲坐在地上的一個短髮女孩。

「紀崴……妳到底想怎麼樣？」地上的女孩顫抖著，她的制服溼透，旁邊躺著兩個空水桶。

「我想要妳站起來，李瑄。」紀崴在窗外陽光的斜照下，顯得十分美麗。

「站起來，李瑄！」藍映潔握緊雙拳，聲音微微顫抖。

「快點，我們還要去逛校慶，妳不要拖累我們！」方怡涵也吼著。

而在一旁拿著手機拍攝的彭禹惠緊咬下唇，「小聲一點，別班還有人在……」

「妳們什麼時候會在意音量啦？」紀崴大笑。

任凱四人瞬間明白，筆記本的主人正是趴在地上的李瑄，而那名高高在上的女孩，就是日記中從未被提起過名字的「她」——紀崴。

鬼學姊站在教室外，眼裡充滿了興奮，讓任凱覺得不太對勁。他一直以爲鬼學姊是要他們找出當年欺負她、害她自殺的人，可是目前他完全找不到鬼學姊和筆記本之間的任何關聯。

鬼學姊此刻一臉狂熱的看著眼前的霸凌現場，目光還在封和他的身上來回打轉，完全猜不到是在打什麼如意算盤。

「妳給我起來！」

任凱還沒思考出結果，藍映潔的怒吼就讓他以及其他人都嚇了一跳，只見她衝到李瑄身邊，伸手用力將她拉起。

「好痛！不要！放開我！」李瑄尖叫著抵抗。

「怡涵，去幫忙吧。」紀崴看著自己那塗上精美彩繪的指甲，張口指示。

方怡涵只能硬著頭皮過去，一起將地上的李瑄拉起來。

「我不要、我不要啊！」李瑄哭喊著，她淒厲的聲音迴盪在教室裡，彭禹惠緊張兮兮地東張西望，深怕驚動附近教室的學生。

「李瑄這麼不聽話，那該怎麼辦呢？」紀崴意有所指，三人打了個冷顫，立刻像是發了瘋似的，不斷拉扯著李瑄。

「站起來，李瑄！」

「不要連累我們！」

「別在那邊裝死！快起來！」

李瑄的手腳全都被抓傷、踢傷，她只能盡量用雙手抵抗，咬著下唇忍受一切。

「妳們都住手！」封看不下去了，忍不住衝出去大聲制止，任凱想拉卻完全拉不住。

「妳是誰啊？」藍映潔怒聲問，接著看見後面的任凱，於是想起他們在遊樂園見過，「是你們四個！」

「嘿，沒想到這麼巧。」阿谷也走出來。因爲在場的都是人類，所以他並不害怕。他皺眉看著制服被拉扯得有些破損，滿臉都是淚痕的李瑄，「霸凌現場。」

方怡涵嚇得鬆開手，往後退一大步，好像這樣自己就是毫不相干的人。

「哪裡有霸凌了？我們又沒對她怎樣！」彭禹惠睜眼說瞎話。

「那妳手上的東西是什麼？」喬子宥冷聲說。

「手機啊，妳沒看過？」藍映潔也鬆開手。

封跑到李瑄身邊關心，「妳還好嗎？」

李瑄驚恐地看著眼前的陌生女孩，意識到封是外校學生後，她用力搖頭，將封推開。

「哇！」封反應不過來，一屁股跌坐到地上，站在旁邊的任凱彎腰拉起她，皺眉看著李瑄，「我們可以幫妳，但妳要先幫自己。」

「我不需要、不需要，你們走吧！」李瑄尖叫著，雙手不斷搓著自己的手臂，渾身顫抖。

見到這樣的狀況，封更加生氣了，她從任凱手中搶過筆記本，「我們知道，這是妳的日記對吧！明明都被欺負得這麼慘了，爲什麼還不說實話？」

黑色筆記本被拿出來的瞬間，李瑄的眼中閃過一絲困惑，隨即瞪大眼睛。

「那本筆記本是……」

「天哪！」

藍映潔等人也認出了筆記本，不安地回首望向紀崴。

只見紀崴站在窗邊，頭低垂著，肩膀劇烈顫抖。

「哈哈哈哈哈！沒有想到，筆記本真的會被發現啊！」她大笑著，「李瑄，那可是救命訊息啊！沒想到遲了這麼久才被發現！」

「妳笑什麼！太過分了！裡面每一件事情……都太過分了！」封氣得臉龐漲得通紅。

但藍映潔三人卻慢慢從紀崴身邊退開。

她們的表情不是被揭穿祕密的不安，而是恐懼，她們在害怕。害怕紀崴。

「等等，有點不對勁……」任凱拉著封往後退。

「已經來不及了！」紀崴先是往上一看，然後又轉而盯著封的臉看，「時間到了。」

鬼學姊的笑聲從教室外響起，當任凱察覺到不妙時，已經太慢了。

一切都在瞬間發生，紀崴以迅雷不及掩耳的速度衝到喬子宥和阿谷面前，兩隻手如同利刃一般，輕易穿過他們胸口。

封和任凱完全不敢相信眼前這一幕，藍映潔等人高聲尖叫，而下一刻，地上的李瑄全身燃燒起來。

「啊啊啊啊啊！不要！好痛、好痛！」著火的李瑄痛苦地來回滾動掙扎，但是那把無名火依舊無情地吞噬了她。

「放過我們！求求妳！紀崴！」彭禹惠流著眼淚大叫，可是她馬上像氣球一樣膨脹起來，迅速爆炸。

「啊！」方怡涵被彭禹惠四散飛射的肉塊波及，嚇得想逃出去，身體卻隨即被切成八大塊，鮮血噴滿整間教室。

「紀崴！我們錯了，我們錯了，妳為什麼就是不肯原諒我們？」藍映潔搖頭，轉身想從窗戶跳下去，她寧願自己跳樓，也不要讓紀崴決定她該怎麼死。

可是她的腳瞬間被纏住，整個人被往上提起，倒掛在教室中央。

紀崴的黑色長髮鋪滿整間教室，覆蓋了每個人的屍身，以及封和任凱的雙腳。

「不要！不要！不要！」藍映潔大叫著，她知道紀崴要做什麼了。

「原諒？那太便宜妳們了。」紀崴輕笑，脖子用力一轉，藍映潔便往地板上摔去。她面朝地狠狠撞擊了好幾次，直到整張臉都稀巴爛後，紀崴才鬆開束縛。

紀崴轉頭面向封和任凱，腥紅的雙眼瞪大得不成比例，那頭亮麗而充滿光澤的黑髮像有生命力似的，在教室中如蛇一般攀爬。

「時間已經到了！」她喊著。

任凱回過頭，發現原本站在門口的鬼學姊早已不見蹤影，而他和封的腳都被纏住，想逃也不能逃。

「子宥！子宥！」封崩潰地哭喊，她沒想到會再次見到朋友死去。胸口被開了個洞的喬子宥躺在地上，死不瞑目。

任凱則看著面朝下的阿谷，阿谷背上的大洞與不停流出的血液，在在顯示他沒有存活的可能。

事情怎麼會變成這樣？

「封，妳不是能控制風嗎？現在就是時候了！」任凱大吼，勉強壓下內心的痛苦，他只能慶幸還好任馨沒有跟著一起來。

「我不知道，我不會啊！」封大哭著，她的精神已經瀕臨崩潰。

「妳的風在我面前發揮不了作用。」紀崴頭髮一甩，輕鬆扭斷了封的脖子。

任凱還來不及反應，就看見封的頭扭了一百八十度，身體往前倒下。

「啊啊啊啊！」他只能瘋狂怒吼，連想要抓住倒下的封都做不到。

紀崴偏過頭，伸出手掐住任凱的脖子。

她腥紅的雙眼中滿是狂暴，還帶著一種深刻的悲傷。

「已經太遲了，時間都到了。」紀崴說著，收緊了雙手。「你們太晚發現筆記本了！」

這一瞬間，任凱覺得好像看見了她的眼淚。

可是隨後紀崴的表情又再度變得不像人類，貪婪地吸著任凱身上的氣味。

「兩極跟瘟，太棒了，這就是我要的！」她的聲音也已經不是本來的聲音，變得低沉而沙啞。

任凱的意識逐漸模糊，朦朧中突然回到許多年以前的那時候。

當時他的身邊還有另一個人，他們同在一個溫暖的水池中，那裡是世界上最安全的地方。

是母親的子宮。

他與他的雙胞胎兄弟任炎一直彼此相伴。

所以當任炎死亡時，任凱的世界崩塌了一半。

任凱痛恨當時的自己，也痛恨到現在都還想要抹煞任炎存在的任馨和父母。

他無法原諒任何人。

第九章

「任凱！」一個熟悉的聲音喊著他的名字，任凱感受到有人在拍打自己的臉頰，於是猛然睜開眼睛，大口喘氣，映入眼簾的是封蒼白的臉龐，以及在一旁咒罵的阿谷。

「你們沒死？」他坐起身子，只覺得頭很暈。

「對，看來你也沒死！」阿谷神情非常不爽，「幹，剛剛眞的超痛！靠夭，胸口被開了一個洞欸，他馬的！」

喬子宥不停顫抖著，那種劇痛光是想起就會頭皮發麻。

「剛剛那是什麼東西？爲什麼……」斗大的淚珠從封的臉頰滑落，那種面臨死亡的恐懼讓她差一點就要崩潰了，尤其是又目睹了朋友的死。

任凱有些心疼，下意識輕輕攬住她。見到屍體跟親眼看見死亡的瞬間，震撼的程度是不一樣的，他剛剛也眼睜睜看著封被扭斷脖子，此刻回想起來還是心有餘悸。

「其他人呢？」任凱打量著周圍，鮮血四濺、頭髮遍布的景象不復存在，地板上也沒有焦屍所留下的黑色碳痕，一切就像是假的一樣。

「醒來後就沒看到了。」喬子宥冷聲說。

「馬的，我也不想再見到她們了！」阿谷一點也不想再體驗一次死亡的滋味。

「事情不太對，我們似乎搞錯了。」任凱從地上爬起來，兩手搭在封的肩膀上，認眞凝視著她，聲音壓得很低，「我要妳仔細回想，在我叫妳控制風的時候，妳有照做嗎？」

「我眞的不知道該怎麼弄……」封無力地搖頭。

「你們在說什麼？大聲一點。」阿谷不想被排除在外，但又不希望知道得太清楚，心情十分矛盾。

「學長，算了。」喬子宥看了阿谷一眼，往旁邊走去。

任凱和封之間，有許多祕密是他們不知道的。

任凱繼續低聲說：「那以前是怎麼辦到的？」

「就是像上次說的那樣，危急、或者感覺自己的生命受到威脅的時候吧，我眞的不知道控制的方法。」

「剛剛已經夠危急了，妳的能力卻沒有發揮……」任凱沉思了一下，說出推論，「剛才那是幻覺，是紀崴帶給我們的幻覺。」

「那幻覺也太眞實了，她到底是什麼東西？應該不是鬼吧？」阿谷疑惑地問，他只怕鬼，是其他東西就沒關係。

「任凱！任凱！」走廊上傳來急促的腳步聲，驚慌的任馨出現在教室門口。她衝向任凱，兩手捧起他的臉，從頭到腳仔細看過一遍，「你沒事吧？」

「沒事。」任凱遲疑了半晌才回答。

「任馨姊，妳剛剛一直在外面嗎？」等到任馨鬆了一口氣，往後退了一步，封才詢問。

任馨雙手環胸，皺著眉頭說：「那種東西怎麼會在我們學校？」

「那種東西？」任凱十分驚訝，「妳看見紀崴了？」

「因爲怕你們發生什麼事情，所以我一直待在樓梯那邊，接著那幾個bitch一邊哭一邊跑出來，還拖著一個人。」說到這裡，任馨一陣哆嗦，「紀崴走在最後面，她根本已經不是人了吧。」

所有人都嚥了嚥口水，阿谷抓著頭，乾笑幾聲，「可是任馨姊，她不是鬼吧……」

「你以爲世界上只有鬼跟人兩種嗎？你的世界觀怎麼這麼狹隘？」任馨沒好氣的瞥了他一眼，阿谷趕緊閉上嘴巴。

「她雙眼是紅色的，而且很大，絕對不是人類的眼睛。」封回想著在幻覺裡所見的景象，「還有頭髮很長！」

「如果那是幻覺，那麼目前的外貌會不會也是她自己創造出來的？」任凱猜測，喬子宥只是聳聳肩，因爲在幻覺中，她什麼也沒看見就被殺死了。

「還是她其實是催眠師？哈哈……」阿谷想搞笑，卻慘遭眾人白眼。

「我還以爲只有我會講冷笑話耶！」封倒是很開心，但阿谷一點也不想和她被當成同類。

「除了鬼，還有一種生物也能讓人產生幻覺。」任馨垂下眼簾。「妖怪。」

「妖怪？妳是說一支傘下面長出腳，然後有眼睛的那種嗎？」封記得卡通裡都是這樣畫的。

「這世界上有妖怪？」喬子宥不敢相信。

「世界上什麼都有。」任馨看了看教室四周，「我很少過來這邊的教室，加上我們學校本來就到處都充滿令人不舒服的氣息，所以才一直沒有注意到，這裡的確妖氣沖天。」

封環顧教室，卻什麼也沒感覺到，一旁的喬子宥和阿谷也疑惑地搖頭。

只有任凱瞇著眼睛，看著窗外的重重鬼影。

他們趴在那笑著、騷動著，就是不進來這間教室。

「長耳、紅眼、黑髮……」任凱轉向任馨，「妳有看見紀崴的樣子嗎？」

「看見了，可怕得要命。」任馨撇撇嘴。

「那是什麼妖怪？」

任馨頓了頓才開口：「魍魎。」

中國漢代的《淮南子》一書記載，魍魎外型如同三歲左右的孩子，身體爲紅黑兩色，生著長耳朵與紅眼睛，還有一頭美麗的黑色長髮。

他們喜歡吃人類的屍體，尤其是剛死去之人的腦部更是他們的最愛，而也有會吃生靈或者亡靈的魍魎存在。

不過並不是所有魍魎都會傷害人類，也有魍魎救了人類的例子，更有些人會祭祀魍魎。意外死亡的人成爲怨靈之後，有可能會引誘生前的舊識，危害他們，這時候人們就會祭祀魍魎，請求他們吃掉怨靈。

但爲什麼魍魎會出現在這間學校？

而紀崴又爲什麼會被魍魎附身？

「會不會是她的負面情緒太強烈，才吸引了妖怪過來？」喬子宥提出第一時間想到的假設。

「實在是太可怕了，怎麼會欺負人欺負到被妖怪附身？」封想起李瑄的慘況就一陣難過。

「欺負人？」任馨皺眉。

「那些人在欺負李瑄。」封咬著下唇。

「她們該不會又把她帶到別的地方繼續欺負吧？」喬子宥冷笑一聲，下意識撫著自己的胸口，想確認心臟的跳動。

「誰知道呢？我覺得，紀崴一定不只一次用過這樣的幻覺折磨她們幾個。」阿谷說。

的確，她們那樣懼怕，又不斷哀求，很可能不是第一次在幻覺中被殺死。那是多麼淒慘的遭遇？一次又一次體驗死前的疼痛與恐懼，清醒後又畏懼會再次遭到懲罰，只能不斷迎合紀崴。但只要一點小事做不對，就會再度被不同的死法折磨。

「到底是妖怪的影響才讓她變得這麼殘忍，還是人心本身就如此可怕？」封喃喃自語，眾人陷入沉默。

人性本就不可捉摸，期望它會有多光明，同時就可能會有多黑暗。迎向光明，又需要比墮入黑暗多好幾倍的勇氣。

「我們還是先去找李瑄她們吧，我好怕她又被欺負……」封咬著下唇。

「講難聽一點，她什麼時候自殺眞的都不意外。」阿谷聳聳肩膀，體驗過無數次的死亡與絕望，李瑄不知道還能撐多久。

「但我們去又能幫上什麼？」喬子宥忍不住翻白眼，他們大概只會再被紀崴虐殺一次。

「任馨，有什麼方法能對付魍魎嗎？」任凱問。

所有人都看著任馨，她想了想，皺眉說：「魍魎怕老虎和柏樹，這裡是不可能有老虎的，柏樹的話比較好找，我們學校中庭就有種。但是……」

「但是什麼？」任凱又問，任馨只是聳肩，「我不知道這是不是眞的有用，天知道他們附身在人類身上後，還會不會怕。」

「試試看總是沒損失。在中庭對吧！」說完，封就往教室外跑去。

「封！」喬子宥立刻追去。

「阿谷，你快跟著去！」任凱大喊。

「嗄，我可不可以回家啊……」其實阿谷也不確定自己怕不怕妖怪，他本來以爲世界上只有鬼。

「叫你去就去。」任馨只用了一句話，就讓阿谷立刻拔腿追上封。

任凱和任馨姊弟倆待在原地，兩人之間的氣氛有些沉重。任馨輕輕嘆息，「我不希望你離那個世界太近。」

任凱眼神忽然變得冰冷，「是那些東西自己過來的。」

「我知道，但你總可以遠離吧？」任馨抬起頭，雖然她比自己的弟弟矮了不少，依然無損身爲姊姊的威嚴。

「任凱，拜託你，不要再靠近了。」她的眼裡流露出不捨，彷彿再眨一次眼睛，淚珠便會滑落。

任凱卻不領情，他別過頭，「妳不也想盡辦法接近那邊嗎？」

任馨一愣，「那是爲了靠近你，爲了了解你看見的世界。」

「以前任炎說看得見的時候，怎麼就不見妳相信？」任凱冷聲說，憤怒異常。

「任凱……任炎根本就……」任馨的神情無比哀傷，皺緊眉頭。

「妳和爸媽都一樣，否定任炎存在過的事實。」任凱轉過身，頭也不回的朝樓下走去。

任馨只能雙手握拳，看著自己唯一的弟弟離開。

當任凱來到人聲鼎沸的中庭時，看見封在許多學生的圍觀之下，已經折斷了好幾根柏樹枝。

「同學！請妳不要損傷我們學校的植物！」幾個學生試圖制止。

「你們不懂啦！現在人命關天！」封還在繼續拔。

「封，妳先等一下。」喬子宥拉著封的手，可是她也完全勸阻不了。

「小瘋子，妳眞的是大白痴……這種事情應該偷偷做，這麼明目張膽是想怎樣？」阿谷在一旁拍著額頭，一副看好戲的樣子。

官。

「把她拉下來！」不知道是誰去找來了教官，德新的這名教官比盧教官年輕很多，也凶狠許多，一把就將封從樹上扯下來。

「唉唷！」封大叫一聲，因爲太過突然，喬子宥和阿谷都來不及阻止那位教官。

「哪間學校的？」教官惡聲惡氣地問。

「我、我……」封支支吾吾，手裡緊抓著柏樹枝，求救似的看著旁邊。

「對不起，我們會賠償的！」喬子宥立刻鞠躬道歉。

阿谷抓了抓頭，也不太有誠意的道了歉。

「破壞他校公物，除了賠償以外還必須通報校方。報上學校名稱！」德新的教官一點也不給商量的餘地。

被學校老師知道的話可不是開玩笑的啊，就算老實說拔柏樹枝是爲了除妖，但封自己都不太相信了，要怎麼讓其他人信服？

不少外校人士以及德新學生都聚在這裡看好戲，這時，外表相當惹眼的任凱走上前，臉上又帶著用來騙人的眞誠微笑，「教官，眞的很抱歉，我家的妹妹給你們惹了麻煩，她有點……不太能適應常人的生活，所以行爲有些脫序，請您見諒。」

封張大嘴巴看著任凱，這模樣讓她看起來更呆了，反倒令教官信了幾分。

「教官，今天是校慶，您就睜一隻眼閉一隻眼吧。」人群中傳來一個聲音，五個人從後面走出來，為首的正是紀崴。

眾人睜大眼睛，紀崴後面的四人就是藍映潔她們，還有面容憔悴的李瑄。

「既然這樣，這次就算了，照顧好你家妹妹。」教官臨走前，還用憐憫的眼神看了看封，讓封差點吐血。

「我又不是笨蛋！」她不滿地抗議。

「現在是爭論這個的時候嗎？」任凱實在永遠搞不懂封的腦袋裡在想什麼。

紀崴瞄到了封手上的柏樹枝，眼裡流露出一絲訝異。

「好了，沒事了，我們走吧。」紀崴轉身，喬子宥立刻一個箭步衝上去，擋住她的去路。紀崴皺起眉頭，「怎麼？」

周遭的人群散去，喬子宥壓低聲音，「我們知道妳是什麼了。」

阿谷、任凱以及封也圍了過來，人手一根柏樹枝。

藍映潔和李瑄等人不明白現在是怎麼回事，卻本能地往後退。

眼前那四人明明剛體驗過死亡的恐懼，卻能馬上再次站到紀崴面前。

難道她們可以解脫了嗎？

於是她們選擇退後，讓封他們面對紀崴。

紀崴瞥向她們幾個，然後再轉向封等四人，勾起一個意味深長的笑容，「你們挺聰明的。」

「謝謝誇獎。」阿谷痞痞地笑了笑。撇除紀崴被妖怪附身這件事，她的模樣其實長得很精緻，完全是阿谷的菜。

「她到底犯了什麼錯，讓妳要這樣欺負她，甚至欺負到引來妖怪？」封握緊手上的柏樹枝，想著該怎麼樣才能趕跑魍魎。

「我欺負她？」紀崴誇張地大笑起來，指著躲在藍映潔等人身後的李瑄大聲說：「我欺負她嗎？」

「難道妳不認爲那樣是欺負？」封完全沒想到紀崴的反應會是如此。

「那是回敬，我只是回敬她！」紀崴尖聲笑著，經過的學生們卻好像沒有注意到這裡的不對勁，都享受著校慶的熱鬧氣氛，無視他們的存在。

「我們這邊似乎被隔絕了。」任凱喃喃說，「又或者是她對其他人製造了一個和平的幻覺。」

「靠，能帶給這麼多人幻覺，那力量得有多強啊？」阿谷咒罵一聲，紀崴扭過頭來微笑。

「所以你們覺得，柏樹枝對我有效嗎？」紀崴說完，主動握上封的手腕。

「哇！放開我啦！」封嚇了一大跳，並發現紀崴的體溫比常人更低。

「我想想書上是怎麼說的……對，刺進脖子會讓我們死掉。」紀崴的眼睛漸漸充血。

「基本上，一般的樹枝刺進人類的脖子也會死。」封一邊說一邊用力想將手抽回來。

「那你們拿著柏樹枝是想怎樣對付我？」紀崴玩味地笑。

「請妳離開她的身體。」任凱提出要求。

「我和紀崴之間是有交易的。」被魍魎徹底控制的紀崴抬頭，悠悠望著頂樓，「時間就要到了。」

任凱心中閃過不祥的預感，他跟著抬起頭，建築物上鬼影幢幢，鬼學姊就站在頂樓，她的容貌已經恢復成生前的模樣，是個非常清秀的女孩。

「妳們之間也有交易？」忽然間，任凱想通了什麼。

只見紀崴不屑地輕笑，「這是互利。」

她忽然推開所有人，力氣大得讓阿谷往後跌去，任凱還來不及抓住她，紀崴便像壁虎一樣忽然彈跳到建築物上，迅速地往頂樓爬。

「呀！」藍映潔四人尖叫，就算早已知道如今的紀崴不是人類，但看見紀崴那不正常的詭異模樣，她們還是會感到害怕。

「她要幹什麼？」封看不見那些鬼影，只見到紀崴持續往上攀爬。

「她要跳樓。」後面傳來一個聲音，所有人轉過頭去。

一個穿著白色T恤、刷白牛仔褲，臉上掛著親切笑容，嘴角露出一顆虎牙的少年站在那裡，手裡還拿著一支棉花糖。

他的身邊有一個高大魁梧的男人，男人皮膚黝黑，穿著黑色背心以及球褲，面無表情，像是在生氣。

「小虎？」封沒想到會在這裡遇見他，「你看得到那個蜘蛛女？」

「看得見啊，這麼明顯。」小虎舔了一口棉花糖，看了看身旁的夥伴，壯碩的男人微微點頭，瞇眼看著往上爬的紀崴。

任凱早就料到小虎並不簡單，其他人完全沒注意到這邊發生的事，因爲紀崴很可能運用幻覺掩飾了一切，但小虎和那個高大的男人卻未受影響。

「任凱！」任馨從二樓陽臺邊探出頭大喊，「我一直覺得有哪裡不對勁！你們好像搞錯了！」

「妳走開！」任凱吼著，他不希望自己的家人離那些非人生物太近。

「被欺負的人不是李瑄！是紀崴！」任馨又喊，說出讓所有人不敢置信的話。

喬子宥轉過頭看著站在一旁的李瑄，她渾身顫抖著，死死盯著地面。

「可、可是明明……」封回想筆記本的內容，這才意識到裡面從頭到尾都沒提過主使者以及被欺負者的名字。他們看見紀崴發號施令，於是就理所當然地對號入座了。

「是眞的嗎？」阿谷朝一旁嚇得臉色發白的藍映潔四人吼道。

「我、我不知道，我什麼都不知道！」方怡涵抱頭尖叫，拚命撇清關係。

「都是李瑄……我們那時候壓力很大啊！是李瑄說有方法可以紓壓！」彭禹惠哭著從口袋裡拿出手機，朝封他們丟過去，「裡面都是證據！」

小虎一把接住手機，任凱向他伸出手，小虎卻微笑著走到封身邊，輕柔地將手機放在她的掌心上。

「被欺負的是女生，如果有什麼不適合我們看的畫面，那不是不太好嗎？」他理所當然地說，「體貼一點啊。」

任凱覺得小虎說的確實有道理，於是打消察看手機的念頭。他抬頭，看見紀崴已經來到頂樓，站在鬼學姊的身邊，「任馨，妳快迴避！」

任馨原本不打算離開，但小虎的出現讓她莫名感到安心。「那你自己小心。」說完，她退到二樓走廊裡面，離得遠遠的。

此時封跟喬子宥已經打開手機裡一個名稱是「紓壓」的資料夾，點進去一看，首先映入眼簾的是一張張特寫裸照，還有幾張是從遠距離拍攝一個裸身趴在地上的女孩。

她有著一頭蓬鬆的卷髮，雙眼無神、嘴唇死白，彷彿失去了靈魂。

是紀崴。

封顫抖地點開一個影片，如同筆記本上所敘述的一樣，殘忍、暴力。

「妳連死都不會！」

「她哪懂啊？哈哈哈哈，用這個！」

「快啊，張開嘴巴啊，快點！」

藍映潔、彭禹惠、方怡涵嬉鬧著，影片中的紀崴全身傷痕累累，被整得體無完膚。

當畫面拍到廁所的鏡子時，封看到了站在大門前微笑的李瑄。

過去是李瑄率領著藍映潔等人欺負紀崴。

封臉色慘白，抬頭看了眼滿身是傷的李瑄，怎樣也無法將她和影片裡女王般的模樣聯想在一起。

封又查看了一下，發現最新的影片是在幾個月以前拍攝的，正是她們去畢業旅行的時候，於是她點開。

「搞什麼啊！一點也不恐怖啊！」

「哈哈，別推我啦！欸，等等，這裡有一扇門耶。」

畫面很暗，但隱約可以認出應該是遊樂園裡的鬼屋。

「紀崴，妳去開門。」李瑄推了推紀崴的背部，紀崴遲疑了一下，輕輕推開門，馬上觸動機關。尖叫聲響起，紀崴嚇了一大跳，雙手抱頭蹲下，李瑄等人被逗得笑個不停。

「喂，妳包包裡裝了什麼啊？」李瑄一腳踩上紀崴的斜背包，紀崴緊張得立刻將包包抱在懷裡。

其他幾個女生露出微笑，藍映潔忽然用力將紀崴往前推，一群人嘻嘻哈哈，來到了下一個房間。

那時候鬼屋的主題應該是海盜船之類，不過封看得出來，此時畫面中的地點就是「凶案現場」的主臥房，物品擺設的位置幾乎都一樣，只是裝潢不同。

凶案現場擺放床鋪的位置，這時是放著海盜船長的辦公桌。

「有什麼東西不能給我們看啊？」方怡涵拉著紀崴的背包。

「哈哈哈，她在抵抗欸！」負責錄影的彭禹惠笑聲格外清晰。

「放手！」藍映潔扯著紀崴的手，但紀崴怎麼樣都不肯放開。

接著一片混亂，鏡頭不斷晃動，只能捕捉到零碎的聲音還有碰撞聲。

「給我放開！」

「妳踢到我了啦！」

「妳是不會踩她的手喔？」

當然，還有李瑄的笑聲，清脆卻又刺耳。

不久，鏡頭再次穩定下來，李瑄坐在辦公桌上，手裡拿著筆記本，清清喉嚨後，開口朗讀：「也許我唯一能做的，就是死。都說死不能解決問題，但我認爲這是最快的方法。」

「哈哈，真的假的？」藍映潔率先笑出聲。

「妳忘了妳連死都辦不到嗎？」彭禹惠將鏡頭對著紀崴，來了個特寫，此刻她咬著下唇，唇瓣幾乎滲出血來。

「居然還把我們的名字寫進去！」方怡涵站在旁邊看著，顯得十分生氣，裡面反而完全沒有寫到李瑄這個主使者的名字。

「紀崴，妳寫這個要做什麼？」李瑄快速翻閱，每一篇都記載著她們的惡行。

「妳想跟老師講嗎？」藍映潔一點也不在意，「光憑妳的日記能證明什麼？」

「當然，我的手機裡面有證據啦，前提是妳必須先拿到我的手機，哈哈！」彭禹惠拉近鏡頭，拍著紀崴的反應。

紀崴不發一語，跪坐在地上，目光渙散，像個破布娃娃一樣，毫無生氣。

「嘿，妳們看這裡，是她昨天寫的。」鏡頭轉到翹腳坐在辦公桌上的李瑄身上，她眼睛發亮，將筆記本對著鏡頭，指著頁面上的最後幾句話：「所以，我下定決心要逃離這一切，而唯一的方法就是自殺。我決定自殺。」

「又要自殺?那妳今天怎麼還來畢業旅行？」藍映潔翻了個大白眼。

「要死不會乾脆一點喔?應該有很多方法吧，例如淹死啦、摔死啦之類的，我隨便都能想到呢。」彭禹惠笑著列舉。

「或是割喉、自焚也行。」方怡涵聳肩。

「我沒想到妳眞的這麼痛苦欸，完全無法想像。我們只是在跟妳玩，原來妳難過到想死啊？」李瑄從辦公桌上跳下來，嘆息著搖頭，一臉憐愛的蹲在紀崴面前，撫摸著她的臉頰。

「不如這樣好了，給妳一個機會。」李瑄從自己的包包裡拿出一個裡面裝著一本小說的夾鏈袋，接著將小說拿出來，把筆記本放進去，「我把筆記本藏在這裡面，也許有人會發現，就會來救妳啦！」

這句話讓所有人瞪大眼睛。

「李瑄，那裡面有我們的名字啊！」方怡涵緊張了。

「那又如何？世界上叫方怡涵的人有多少個？而且每天出入的遊客這麼多，誰會知道是誰啊。」李瑄慢條斯理地將夾鏈袋封好。

「而且幾個月後，這邊就會換布置了。」藍映潔倒是不在意，「藏在地板下吧，我來過這裡很多次，每次地板都是一樣的花色，所以地板一定不會動。」

「好主意，不如就藏在辦公桌下的地板吧？」彭禹惠將鏡頭轉向海盜船長華麗的桌子。

「那有什麼問題。」藍映潔笑著，和方怡涵來到桌子下方，很快，木板被撬開的聲音響起，「放這邊啦！」

然後是李瑄走到旁邊，把放在夾鏈袋裡的筆記本遞給她們的畫面。

鏡頭轉而拍攝紀崴，貼得極近，整個螢幕被紀崴的臉部特寫塞滿。

「紀崴，我們幫妳在這個鬼屋裡面埋了一個希望唷。」彭禹惠興奮地笑著，「妳覺得多久以後才會被發現？我猜畢業後吧！」

所有人大笑起來，螢幕晃動著。

「妳們……去死吧。」紀崴的眼眶盈滿淚水，眼神中充滿仇恨。

「她叫我們去死耶！」彭禹惠大喊，其他人將筆記本藏好後，再次走到鏡頭前。

「看來她還沒受夠教訓。」李瑄嘟著嘴，一副為難的模樣，「我們來好好想想晚上怎麼整她。」

「好啊，畢業旅行可是有四天三夜呢。」方怡涵聳聳肩。

「眞是開心啊，四天三夜都可以和紀崴一起玩。」藍映潔雙手合掌放在自己的臉頰邊。

最後一幕是紀崴被架出海盜船長房間，影片到此播放完畢。

第十章

看完影片，封久久無法回神。這該是一個人用來對待其他人的方式嗎？

那時候的李瑄就和現在的紀崴一樣，她們的角色究竟是什麼時候互換的？

紀崴的仇恨吸引了妖怪，所以紀崴和妖怪交換了條件嗎？

換成她讓李瑄等人體會她曾經遭受的痛苦，代價是讓妖怪占據她的身體？

「看樣子眞相大白了，那交給她們處理就好了吧。」小虎吃完棉花糖，轉身準備離開。

「等等，你想就這樣一走了之？」任凱喊住他。

「寃寃相報啊，況且紀崴已經和魍魎進行了交易，交易是不能取消的。」小虎抬頭看向站在頂樓的紀崴，「時間和地點都對了。」

對於小虎能夠說出魍魎這個稱呼，任凱並不意外，因爲小虎彷彿什麼都知道。

「魍魎吃人、吃剛死的屍體、吃生靈吃亡靈……」封喃喃念著任謦說過的魍魎相關資訊，忽然大叫，「學長！我知道紀崴是用什麼交換了！」

封指著前方建築物上滿滿的亡靈，雖然她看不見，但可以感受到令人不舒服的強烈氣息。

「她獻出德新歷年來所有欺凌他人的生靈，挑在校慶這一天，用來血祭所有因霸凌而死的怨靈！」封尖叫著，上面的紀崴勾起微笑。

那些欺負人的人，未來總是能夠過得一帆風順，可以在優質的公司上班，領取優渥的薪水，擁有良好的人際關係，甚至完美的另一半。

他們學生時代藉由欺負人來紓解壓力，所以考上了好學校，走上平步青雲的康莊大道。

但那些被踩在腳底下的人呢？

自殺的話，會被說沒抗壓能力。就算跟老師說了，那些加害者也只是接受心靈輔導，或者被口頭警告。

如此一來，受害者只會被更加殘忍地虐待，就連死了，他們的痛苦也不會消散，只能被困在這所學校裡，只能看著那些曾經霸凌他們的人逐漸成長茁壯，繼續過著順遂的人生。

這些人的死亡對於加害者來說，一點意義也沒有，他們漂亮完美的人生履歷表上並不會因此留下任何汙點。

「她憑什麼活得這麼開心？」

「爲什麼他們沒有得到報應？」

「爲什麼要欺負我！」

「爲什麼爲什麼——」

所有亡靈同聲尖叫起來，大地微微震動，但那些受幻覺蒙蔽的學生們渾然不覺，依然開心地發放傳單，或是在建築物前面合照。

「快跑啊！喂！快走！」阿谷提醒著走過他身邊的每一個人，但他們不爲所動，只是自顧自地繼續做著正在進行的事情。

「沒用啦。」小虎擺擺手。

「你不要在旁邊看好戲，做點什麼吧！」喬子宥朝小虎大吼，她不喜歡這個少年，滿臉笑容卻深不可測。

「救命啊！我們知道錯了，我們後悔了！」李瑄大哭起來，她們四個人雙腳發軟，萬萬想不到自己的「遊戲」會換來一場大屠殺。

「我很不想救她們，如果紀崴沒有跟魍魎交易的話，她們肯定會持續欺負她直到畢業，未來也不會再想起這個被她們欺負過的人。」小虎聳聳肩，對身後那個高大壯碩的男人說：「是吧，獅爺？」

獅爺點點頭，依然面無表情，就算大地震動、亡靈哭喊，他都沒有被影響。

「封葉，妳真的很聰明呢，那妳猜得到紀崴又跟鬼學姊交易了什麼嗎？」小虎朝著封微笑。

「這……我、我不知道。」

「封，妳是希望。」小虎瞇起眼睛。

「希望？」封不明所以的複述。

「那個女鬼把妳和任凱帶到這裡來，是有原因的。」小虎轉轉脖子，「鬼女的情報就是指魍魎這隻妖怪吧？這傢伙想吃掉兩極，霸占瘟。」

「已經通報零主子。」獅爺沉聲回應。

「別叫他主子，聽了就倒胃口。」小虎揚起一個不以爲然的微笑，「毀掉妖怪和人類之間的交易，這實在太罪過了，畢竟這筆交易本就是建立在雙方都同意的基礎上。」

「紀崴不該有權力決定其他人的生死。」任凱看著四周的人，也許他們是犯了錯，但他相信肯定會有報應，只是時間早晚的問題。

「那她們也沒權力欺負別人。」小虎皺眉，他實在無法同情李瑄等人，「算了，我只負責解決魍魎，女鬼你們自己想辦法吧。」

任凱瞠圓眼睛，小虎居然可以解決魍魎？

只見小虎一面伸懶腰一面走到前方，抬頭看著頂樓的紀崴，「魍魎，離開她吧。」

紀崴往下一瞥，「我們有過交易，連你們那一族也無法阻止。」

「我可以選擇收服妳。」小虎瞇眼微笑。

「哈哈哈哈，憑你？」紀崴尖笑起來，眼瞳瞬間轉紅，頭髮迅速伸長覆蓋住腳底下的建築物，「你是什麼東西？你的力量連零的一半都不到——」

「但我依然有辦法收服妳。」小虎的手往背後一伸，一陣裊裊白煙飄出，煙霧裡像是有什麼東西要鑽出，忽然擴散開來。

「啊！啊！你怎麼有那種東西！」紀崴瞪大眼睛，尖叫了起來，聲音沙啞卻又尖銳，讓封等人不禁摀住耳朵。

「兩極！我還沒得到兩極！」她縱身躍下，往封所在的地方墜落，速度快得讓所有人都沒能反應過來。

「呀——」上百根紅色細針瞬間射來，全部插在紀崴的身上，讓她再度發出尖叫。

「嘖！」小虎瞇眼看著那些針，往旁邊望去。

戴著墨鏡、身穿皮衣皮褲的蒼白女人面無表情的站在那裡，手上拿著許多細長的紅針。

封和任凱訝異不已，那女人就是三番兩次出現在他們附近的神祕女子。

「彼岸花，魍魎是我們的。」小虎的聲音很輕，卻令人不寒而慄。

「我們的目標是兩極。」女人開口，聲音像是直接在眾人的腦海中響起。

「抱歉，兩極和瘟也是我們的。」小虎勾起嘴角。

「你們已經擁有太多。」女人說著，往後退一步，「時間到了。」接著她便憑空消失。

任凱還來不及詢問小虎，一陣嘶吼聲猛地傳來，紀崴的半邊臉像是被強酸潑過般融化了，卻又再次衝向封。

又是這句話！

「怎麼學不乖啊？兩極不是妳這種妖怪所能駕馭的。」小虎背後的白煙裡衝出一隻龐然巨獸，看起來像龍又像是馬，以極快的速度朝紀崴飛去。

巨獸所經之處，所有亡靈紛紛往兩旁逃竄，連頂樓上的鬼學姊也瞬間消失了。牠張開嘴巴，朝紀崴的頭上幾公分處咬下，然後向上一拽，拉出一個紅黑色的小人。

「啊啊啊啊——放開——」那東西在巨獸口中瘋狂掙扎扭動，長耳、紅眼，還有一頭烏黑美麗的長髮，模樣正是任馨所說的魍魎。

而魍魎離體後，紀崴兩眼一翻，雙腳支撐不住身子，整個人向下倒。

一陣強風颳過，形成龍捲風一般的漩渦，準確地包覆住紀崴。離奇的是，紀崴臉上的傷痕就這樣消失了，變回原本漂亮的樣子。

「封……」喬子宥目瞪口呆，看著握緊雙拳，睜大眼睛專注盯著紀崴的封。

「妳連別人的傷都能治好？」任凱無法置信。

「那個身體是我的了——」不知何時又重新出現在頂樓的鬼學姊忽然大叫，直撲地上的紀崴。

瞬間，任凱明白了。

紀崴的怨恨引來了妖怪，她以獻出學校的生靈爲代價，和魍魎交易，讓她擁有用來報復李瑄等人的力量，然後選擇在校慶這天跳樓死亡，讓魍魎得以吞噬所有生靈，包含她自己。

接著，死亡後的她把這具空殼的所有權交給鬼學姊，讓她能展開一段新的人生。

「妳跟魍魎又交換了什麼？」任凱嘶吼著問，即便知道沒有意義，他還是伸出手想阻止鬼學姊。

「我把你們帶來了！我把你們這對混沌帶來了！」鬼學姊尖叫著俯衝下來，就要鑽入紀崴體內。

任凱瞪大眼睛，什麼叫「你們這對混沌」？

「學長！小心！」封見到鬼學姊張開血盆大口，想要咬下任凱的手，連忙拉開他。

「紀崴給了我承諾，這具身體已經是我的了！」鬼學姊狂喜地喊著，就這樣鑽進紀崴的身體裡。

「回來吧。」小虎彈了下手指，巨獸叼著魍魎往他身後飛去，小虎背後的空間隨即扭曲起來，巨獸進入之後隱沒不見，連帶白煙也像是被吸入一樣，消失無蹤。

直到扭曲的空間恢復正常前，都還可以隱隱聽見魍魎嘶吼著的難聽聲音。

學校裡的人忽然都清醒了過來，有些人好奇地朝任凱他們看，甚至過來詢問倒在地上的紀崴怎麼了。

「沒、沒事了嗎？」阿谷東張西望。從剛剛開始，他和喬子宥就只能站在一旁，負責看著李瑄她們，不讓她們趁機逃跑。

在那個詭異的空間裡，連平時看不見鬼魂的阿谷和喬子宥都清楚看見了一切，魍魎、巨獸、奇怪的女人以及一堆亡靈等等，當然也看見鬼學姊進到紀崴的「屍體」中。

任凱拉起蹲在紀崴身邊的封，「現在會怎樣？」

「誰知道呢？不關我的事。」小虎聳聳肩，轉過身拍拍獅爺，「我們要繼續享受德新的校慶了。」

「等等！」任凱追上去，壓低聲音問：「混沌是什麼意思？」

小虎的眼中閃過一絲讚賞，「你可以問那個女鬼。」

「爲什麼你會說封是希望？」任凱的聲音更小了，只有小虎能聽得見。

「你知道希望的反面是什麼嗎？」小虎挑起一邊的眉毛，「封葉是希望，同時也是絕望，這就叫兩極。」

「這到底是什麼意思？」任凱感覺心臟一陣緊縮。

「你是瘟神，她是希望卻又是絕望。」小虎聳肩，「在一起就叫混沌。」

「你說清楚……」任凱又要拉住小虎，獅爺卻一步上前，輕鬆地將他往後一推。

「喂！你搞什麼！」阿谷立刻衝過來扶住任凱。

「你們要一步一步來，慢慢知道眞相。」小虎臉上依然掛著微笑，封卻覺得很陌生。兩人目光交會，小虎溫柔地笑著說：「下次再來光顧我的咖啡廳喔。」然後他轉過身，頭也不回的離開。獅爺站在原地看了任凱一會兒，確定他沒打算再衝過來後，才跟在小虎身後。

「喂，你們過來！紀崴她怪怪的！」一直待在紀崴身邊的喬子宥大喊，「她沒有呼吸！」

「這、這不關我的事！」方怡涵慌張地喊，狼狽地爬起來就逃。

「方怡涵！妳怎麼可以先跑！」藍映潔氣呼呼的，接著看了封她們一眼，「就、就這樣！」然後她也跑了。

李瑄則是沒說什麼，只是緩緩從地上爬起來，朝另一個方向離開。

彭禹惠也跳起來，卻突然想到了什麼。

「我的手機……」她轉過身想和封討回手機，但封退後一步，於是彭禹惠驚慌地大叫，「還給我！」

「這些是證據。」封的態度很堅定。

「妳！」彭禹惠慌了，可是她剛剛清楚看見，眼前這個女孩好像能夠操控風。經歷過紀崴的事件後，她已經相信這個世界上有許多不可思議的事，所以她不敢冒險，最後也只能選擇離開。

等到那四個女孩都跑得不見蹤影後，封才將手機放進口袋裡，走到紀崴身邊。

「她死了。」任凱摸了摸紀崴的脖子，沒有脈搏也沒有呼吸。

「不，她的體溫跟剛剛一樣。」封摸著紀崴的手腕，之前被附身的紀崴拉著她的手時，也是這個體溫。

這時，紀崴猛然睜開眼睛，所有人都嚇了一跳。

她看著自己的雙手，反覆轉動手腕檢視著手心和手背，然後輕輕扭了扭手指頭，接著摸上自己的臉。

「哈哈哈哈，真的成功了！成功了！」雖然是紀崴原本的聲音，聽起來卻不太對勁。

「是鬼學姊！」封驚叫。

已經成爲紀崴的鬼學姊從地上爬起來，露出甜美的微笑，「我眞是太感謝你們了，沒想到會如此順利！」

任凱警戒地將所有人拉到自己背後，「妳的目的到底是什麼？」

「我痛恨霸凌。」鬼學姊的眼底流露出憤怒，「的確，我是因爲被霸凌而自殺的，但死後我想清楚了，其實我不恨那些欺負我的人，也不恨那些逼死我的人。」

「妳要我們找出筆記本，目的其實只是爲了把我們引到德新嗎？」任凱說著，同時意識到他們這群人已經引起更多學生的注意了。

「我們到裡面去吧。」鬼學姊指了指中庭的方向，見任凱他們躊躇，於是她又說：「放心，我的目的都達到了，已經不會再傷害你們了。」

「我相信她。」封從任凱的後面走出來，跟在鬼學姊身後。

喬子宥也立刻跟上。

「欸，現在在她身體裡面的是鬼，對吧？」阿谷打了個冷顫，任凱沒有回答，只是默默追上去。

一行人來到人比較少的中庭後，鬼學姊坐到一旁的椅子上，「嘗過被欺負有多痛苦的紀崴，卻在得到力量後決定反過來欺負那些人。被害者還是選擇了霸凌別人，讓自己成爲了加害者。」

她抬起頭，「我眞正痛恨的是『霸凌』這件事本身。」

「所以妳想要藉由占據紀崴的身體，重新擁有能力去阻止霸凌？」封下了結論。

「同時我也想將沒過完的人生繼續下去。」鬼學姊微笑。

「妳不可能讓霸凌絕跡的，只要人類還存在，這個問題就永遠不會消失。」喬子宥點出這個相當現實的關鍵。

「對，所以我只能盡量試著去做。」紀崴站起身，「反正現在我又活過來了，還有很多時間。」

「那紀崴呢？眞正的紀崴去了哪？」封顫抖著問。

「她很早就死了，在紀崴跟魍魎交易的瞬間，她的生靈就和魍魎合而爲一，如今已經被剛剛的貔貅吃進肚子裡了吧。」鬼學姊嘆氣，「爲了報復，連自己的靈魂都賠上了，這樣値得嗎？」

「貔貅？妳是說小虎召喚出來的那隻？」任凱瞪大眼睛。

「是啊，他不簡單呢，居然能馴服貔貅。」鬼學姊讚嘆著，「原本我還擔心就算獻上全校的生靈也滿足不了魍魎，好在殺出這個程咬金，解決了那傢伙。」

「我想問妳，兩極跟瘟是什麼？」在場所有人都不明白任凱指的是什麼，鬼學姊的臉色卻變了。

「那不關我的事情，反正我一開始的目的就只是想擁有一個軀殼。」

「但是關我們……」任凱還想追問，鬼學姊的眼神卻讓他無法再說下去。她的眼神中流露出憐憫。

任凱撇開頭，逃避鬼學姊的注視。

爲什麼要用那種眼神看著他和封？

兩極和瘟到底會形成怎樣的混沌？

「所以……妳要以紀崴的身分活著？」

任凱轉移話題，鬼學姊聳聳肩，「只要你們把那支手機交出去，李瑄那夥人就能得到報應，而我也可以擁有大好人生，這不是很完美嗎？所有人都得到該有的回報了。」

「那妳的眞實身分是誰？妳不投胎？」封忽然間覺得眼前的鬼學姊很可憐，因爲她陷在執念裡走不出來，雖然得到了展開全新人生的機會，仍是放不下過去的執著。

「我不……」鬼學姊轉過頭來，還想說些什麼，卻忽然瞪大眼睛看著他們後面，又立刻轉回身，「總之，我知道你們在哪裡，若發生我解決不了的事情，我會去找你們。」

「拜託不要！」阿谷第一個反對，任凱也不願意。

鬼學姊側過頭來微笑，「由不得你們。」說完，她往前面跑去，消失在轉角處。

「你們幾個！」後面忽然傳來一個熟悉的聲音，眾人回過頭一看，發現竟是學校的保健室阿姨張秀娟。

「張阿姨，妳怎麼也來了？」

「畢竟是以前待過的學校，還是會想回來看看。」張秀娟穿著款式簡單的牛仔褲與T恤，神情感慨，她看了頂樓一眼。

「你們兩個過來一下。」她對任凱和封說。

「我們在這裡等你們。」喬子宥向封點點頭。

「如果可以，我想快點回家……」阿谷有氣無力地說，老是莫名其妙降低的氣溫和種種詭異現象，讓他都快精神衰弱了。

任凱和封跟著張秀娟走到中庭後面的廣場，張秀娟轉過身，指著花圃旁邊的樓梯，「她是在這摔死的。」

任凱和封面面相覷，張秀娟這是在說誰？

「都好幾年了，如果她還活著，現在也該結婚生子了吧。」她轉過身，眼眶裡都是淚水，「我沒想到都過這麼久了，還會有人來問她的事情。」

張秀娟從口袋裡拿出一張照片，任凱疑惑地接過，接著恍然大悟。

上面是一個笑得甜美的清秀女孩，穿著德新的制服，胸前的口袋上繡了一朵黑色小花，正是鬼學姊。

「我們都叫她小花，她是我的女兒……」張阿姨潸然淚下，任凱眼角餘光瞥到鬼學姊站在某層樓的走廊邊，看著這裡。

「張阿姨……」封不忍心的過去抱住她。

「當年她被同學欺負，但我忙於工作、忙著照顧其他過得不好的孩子，因此沒注意到自己的女兒……好多年了，我想她現在一定投胎到好人家，過著幸福的日子了吧？」張秀娟將照片拿回來，「沒想到會在這裡遇見你們，也許冥冥之中還是注定要將這件事說出來吧。」

面對悲傷的張阿姨，兩人都無法把眞相說出口，其實小花不但沒有投胎，還不斷重複著自殺行爲，最後更是找上他們，費盡一番工夫後，展開了一段新的人生，只爲了杜絕害死她的霸凌。

「我要去跟老同事們打招呼，就先離開了。」張秀娟擦乾眼淚，微笑著和他們道別。

「學長，我覺得好難過喔。」封抓著任凱的衣角，「小花……她會以紀崴的身分回到張阿姨身邊嗎？」

任凱再次抬頭，小花已經不在那裡。

「誰知道呢？」他摸摸封的頭。

他們將事情簡單地告訴喬子宥和阿谷，然後撥了磊向東的電話，把彭禹惠的手機交給他。

這起霸凌事件並沒有被媒體傳揚得太廣，但李瑄等人仍遭到偵訊。不過由於她們未成年，所以不能收押也不需要負刑事責任。

當然，紀崴也被找過去了，已經不是紀崴的紀崴只說希望她們好好反省，雙方從此井水不犯河水。

封不免想起小虎當時說的話，要是李瑄等人沒有經歷過死亡幻覺的折磨，她們眞的會反省嗎？

如果只是手機被意外發現，社會大眾很可能會原諒她們，那紀崴呢？

紀崴遭受過的痛苦，有誰可以了解？

爲什麼在這個世界上，受傷的那一方總是得不到庇護？

根本沒有人爲眞正的紀崴伸張正義，她就這樣永遠的消失了。

「封，妳在想什麼？」喬子宥握緊封的手，「妳剛剛的表情很沉重。」

「我只是覺得……這樣就好了嗎？」就像喬子宥說過的，霸凌這種行爲不可能消失，他們覺得紀崴的遭遇已經很可怕、很可憐了，但是在世界上的其他地方一定發生過更恐怖的霸凌事件。

而這種事情甚至可能天天都在發生，或許每時每刻都有人在某個地方自殺，或是加害他人。

「妳不要想太多。」任凱走到封身邊，拍拍她的肩膀。

「喂，這邊啦，磊向東也要我們去做筆錄。」阿谷指著前面的一個房間，他們的所在處正是警局。

「我沒想到這輩子會有踏進警察局的一天。」喬子宥搖頭笑了笑，拉著封走過去。

任凱則是站在原地，看著封的背影。

他是瘟神。

封是希望與絕望。

他們兩個相遇，會產生混沌。

混沌指的是混亂而沒有秩序的狀態，最著名的例子就是蝴蝶效應：在南美洲的蝴蝶輕輕搧動翅膀，或許可能會在佛羅里達引起一陣颶風。

如果他和封在一起會產生混沌，那就可以解釋為什麼鬼學姊會引他們去德新，因為混沌會讓任何地方的秩序產生變動。

那些德新的亡靈因為他們的來到而騷動。

而當時他和封相遇，讓黎筱雨她們甦醒過來，聖光高中裡的鬼魂也因此蠢蠢欲動。

這小小的蝴蝶效應，又會在哪裡，或是在哪個世界引起颶風？

「學長，你在幹什麼？」封回過頭，朝他揮手。「快過來啊！」

也許他和封眞的該保持距離比較好。

「我這就過去。」

四人一同進到小小的房間裡，磊向東望了他們一眼，然後關上門。

小虎和獅爺站在警局外，兩人表情雖然輕鬆，卻都緊盯著兩條街以外的一根電線桿，那裡站著一個戴墨鏡的女人。

是彼岸花派系的追蹤者。

兩極是各界亟欲得到的瑰寶。

要讓她成爲希望還是絕望，端看使用者的意志。

擁有兩極的族群將興旺起來，而本身擁有異能者則會因此變得更加強大。

簡單來說，兩極是個「容器」。

來自遠古時代的強大能量蘊藏在人類的血肉之軀中，隨著時日推移，這個藏有能量的「容器」成爲了各界爭奪的寶物。

而兩極的出現有幾點必備條件。第一，兩極同時代表了希望與絕望，因此會在最接近死亡之處誕生。

第二，出生的同時，產下她的母親會死去，她是以母親的生命爲交換出世。所以嚴格說起來，兩極是不祥之子，但同時也是希望之子。有什麼比在死亡中誕生的孩子更能帶給人希望呢？

而瘟就不一樣了，瘟是好幾百年才會出現一次的災厄。

兩極與瘟注定相戀，也注定毀滅。

小虎轉過身，他所屬的派系和彼岸花派系世代紛爭不斷。

他們都想獲得兩極，也都想獲得瘟，但瘟與兩極在一起，只會產生混沌。

也許，在一切都還沒有眞正開始前，強行將兩極帶走最好。

「零不會允許。」獅爺似乎明白小虎在想些什麼，開口說。

小虎失笑。

在他們的當家下決定前，他們都只能持續追蹤，暗中保護兩極。

即便最後一定會走向毀滅，至少能在毀滅之前，讓兩極多感受一下這個世界。

（未完待續）

後記　傷害太重，而悔恨的淚水太輕

很高興在《當風止息時02》與大家再度見面，這一次的故事你們喜歡嗎？

經過第一集的鋪陳之後，封與任凱的身分逐漸明朗，而也出現了三名新角色：任凱的姊姊任馨，任凱已經死亡的雙胞胎兄弟任炎，還有小虎身邊的獅爺。這些人都是關鍵角色，未來都會一一展現出重要之處。

而大家很喜歡的角色小虎，他的背景也揭露了一些，自然是與零派脫不了關係，後續會越來越精采，請大家一定不要錯過唷！

本集故事裡提到的遊樂園，讓我想起自己去玩的經驗，我也是幾乎什麼設施都敢玩，唯獨鬼屋是罩門。不過有一次去義大世界的時候，我不知道哪根筋不對，居然答應朋友一起去鬼屋。記得當時的主題是3D鬼船，要戴一副3D眼鏡進去。但平常看2D就很可怕了，更何況是3D呢？於是，我跟方怡涵一樣，在排隊的時候就一直想落跑，但想當然並沒有像她一樣幸運逃掉，我還是進去了鬼屋裡。結果我從頭到尾都閉著眼睛，根本不知道裡面的布置長怎樣！（到底進去幹麼？）

如果只是看看恐怖的布置，不會有機關也不會有工作人員衝出來嚇人的話，我倒是就不會害怕了。（朋友表示：這樣還玩什麼？）

回到這個故事吧，這集內容主要探討的是「霸凌」這個議題，有些讀者可能會發現，我似乎很常以霸凌爲題材，這是一個不管在什麼年代都存在的嚴重問題。

有些被霸凌者因此踏上自殺一途，而實行霸凌的人則只是掉了幾滴眼淚，依舊繼續他們美好的人生。

故事裡描述的是比較極端的霸凌行爲，除了言語上的欺凌，還有對身體的傷害。但霸凌當然不只有肢體上的才算，言語上也是，有時候連一些開玩笑的話語都算是，只要你覺得難過了、覺得聽了不舒服，那些話就都是一種傷害。

高中時，我的一位老師曾說過一句話：「舌頭軟而無骨，卻能傷人無形。」我們在開人玩笑甚至說任何話前，都應該思考一下，想想說出的話會不會傷害到人。

當對方被傷害的時候，出於自我保護，或許也會說出傷害我們的話，於是人們便彼此傷害，最後誰的心裡都不好過。

有時候，當我看著新聞畫面、見到身邊的一些眞實例子，聽著那些人的道歉、望著加害者的眼淚時，也不免會想，他們是眞心的嗎？他們眞的了解一個生命的重量嗎？難道眞的能用一句「我不知道會這麼嚴重」或是「太過年輕」當藉口嗎？

在故事中，若紀崴最後沒有和魍魎進行交易，使自己能夠讓李瑄等人產生駭人的幻覺，讓她們感同身受那些絕望與恐懼，她們又會眞正的懺悔與道歉嗎？

但爲了讓她們「痛改前非」，紀崴付出的卻是靈魂與魍魎同化的代價，這實在是太過極端與不值了。

鬼學姊說，她真正痛恨的並不是霸凌自己的那些人，而是「霸凌」這件事情。就算不可能，但我依然衷心希望有一天霸凌能夠真正絕跡，就從你我做起吧！

後記的尾聲來講一些比較愉快的事情。我在中秋連假的時候撰寫這篇後記，而幾個禮拜前，我的電腦發生了無預警的大崩壞，好在月初時才好好備份過一次，所以我倒也沒有特別緊張。

只是重灌後的電腦，開啓Word時卻會不斷當機，中間甚至發生過系統錯誤導致原稿消失在百慕達三角洲的神祕事件，讓我在半夜對著螢幕呆愣了好幾分鐘。

不過遇到這種事情其實挺家常便飯的，我的內心已經堅不可摧了……大不了重來嘛，是不是？（崩潰笑）

好，這好像也沒有多歡樂。總之，隨時備份與存檔是個好習慣，大家都要注意，畢竟最近水星逆行，3C產品很容易出問題……然後我最近都在追美劇，還想買台PS4來玩，這些都是讓稿子進度落後的大敵啊～～（編輯請忽略這句）

那我們就在《當風止息時03》再見嘍！

Misa

國家圖書館出版品預行編目資料

當風止息時．2，亡靈的筆記本 / Misa著. -- 初版. -- 臺北市；城邦原創出版：家庭傳媒城邦分公司發行, 民 104.10
面；公分

ISBN 978-986-92128-5-4（平裝）

857.7 104020229

當風止息時 02 亡靈的筆記本

作　　者／Misa
企畫選書／楊馥蔓
責任編輯／陳思涵

行銷業務／林政杰
總 編 輯／楊馥蔓
總 經 理／伍文翠
發 行 人／何飛鵬
法律顧問／台英國際商務法律事務所　羅明通律師
出　　版／城邦原創股份有限公司
台北市中山區民生東路二段 141 號 6 樓
電話：(02) 2509-5506　傳眞：(02) 2500-1933
E-mail：service@popo.tw
發　　行／英屬蓋曼群島商家庭傳媒股份有限公司城邦分公司
聯絡地址：台北市中山區民生東路二段 141 號 11 樓
書虫客服服務專線：(02) 25007718・(02) 25007719
24小時傳眞服務：(02) 25001990・(02) 25001991
服務時間：週一至週五09:30-12:00・13:30-17:00
郵撥帳號：19863813　戶名：書虫股份有限公司
讀者服務信箱 email：service@readingclub.com.tw
城邦讀書花園網址：www.cite.com.tw
香港發行所／城邦（香港）出版集團有限公司
地址：香港灣仔駱克道 193 號東超商業中心 1 樓
email：hkcite@biznetvigator.com
電話：(852)25086231　傳眞：(852) 25789337
馬新發行所／城邦（馬新）出版集團 Cité(M)Sdn. Bhd.
41, Jalan Radin Anum, Bandar Baru Sri Petaling,
57000 Kuala Lumpur, Malaysia.
電話：(603) 90578822　傳眞：(603) 90576622
email:cite@cite.com.my

封面插畫／Izumi
封面設計／黃聖文
印　　刷／城邦印書館股份有限公司
電腦排版／陳瑜安
經 銷 商／高見文化行銷股份有限公司
客服專線：0800-055-365　傳眞：(02)2668-9790

■ 2015 年（民 104）10 月初版　Printed in Taiwan

定價 / 230元

ISBN 978-986-92128-5-4

POPO城邦原創 www.popo.tw　城邦讀書花園 www.cite.com.tw